Sonya
ソーニャ文庫

王子様の猫

小鳥遊ひよ

イースト・プレス

contents

1.

「ただいま、リル。いい子にしていたかい？」

扉が開くと同時に放たれた静かな声に、リルは白いドレスの裾《すそ》を揺らしながら『王子様』に駆け寄った。

「たくさん眠った。リル、いっぱい夢見た。楽しい夢、王子様と遊ぶ夢、見た」

そう言って背伸びをすると『王子様』の首の後ろに手を回し、頬《ほお》に頭をすりすりと擦り付け、愛情を示す。王子様は両手でリルの頬を包むと、顔全体と、顎《あご》の下を何度も撫《な》でた。

まるで、猫にするように。

「僕の顔を忘れていなかったんだね」

「リル、忘れない。王子様の顔、絶対に忘れない」

「だけど、猫は三日経《た》つと飼い主の顔を忘れてしまうんだよ」

「忘れない。リル、忘れない」

少しむきになって身を乗り出して言うリルの頭を撫で、ベッドに座らせる。

「お土産《みやげ》だ。きっとリルに似合うよ」

王子様はリルの前に箱を取り出して見せた。白木で出来た箱は、蔦《つた》を象《かたど》った留《と》め金《がね》がついている。そっとそれを開くと、ベルベットを敷き詰められた中に、スズランと羽根《はね》の模様が彫刻《ちょうこく》された金色の鈴が現れた。王子様が軽く持って振ると涼《すず》やかな高い音が部屋に響いた。

王子様はリルが首につけているなめし皮で出来た赤いリボンに鈴を通すと、ブルーグレーの瞳を半月型に細めて微笑んだ。

「やっぱり、リルには鈴がついていないと」

リルが軽く爪先《つまさき》立ってしなやかに歩く時、動きに合わせて鳴る鈴の音が王子様は好きだった。今までつけていたものは先日壊れてしまったので、新しいものを、それも普通の鈴ではなく、美しいリルに見合う美麗な彫刻が施《ほどこ》された鈴をずっと探していた。王子様は三日ほど前から、母親であるこの国の王妃が住まう城に滞在《たいざい》していて、そこでたまたまこの鈴を見つけた。何でも、東方の芸術家の作品で、古い友人から王妃への贈り物だったらしいが、無理を言ってもらってきたのだ。

「僕はね、一目《ひとめ》見た時に、これは母上の城の広間に置いてあるより、君の白くて細い首を飾った方が価値が出るものだと思ったんだ。どうだい、気に入ってくれたかい？」

優しく尋《たず》ねられてリルが頷くと、小さな顔のすぐ下で、チリンと鈴が鳴った。リルは指先でつついて何度かそれを鳴らした後、王子様の膝《ひざ》の上にちょこんと手をのせ、甘えた目で見上げた。

リルの瞳は紅茶よりも薄く、金よりも濃い琥珀《こはく》色をしている。

この瞳を鈴にして、首から提《さ》げたらリルはきっともっと美しくなる。だけどそしたらリルの瞳が一つ減ってしまうことになる。それはダメだ。

思いついたアイデアを自分で打ち消し、王子様が自嘲《じちょう》気味に静かに息を吐いたことに気がつかないリルは、嬉しさと淋しさを半分ずつ織り交ぜた表情で頷いた。

「鈴、とっても嬉しい。だけど、王子様が戻ってきてくれたことの方が、もっと嬉しい。楽しい夢、見た。同じぐらい、哀しい夢も見た。王子様がいない夢、見た」

まだあどけなさの残る顔の上で、独楽《こま》のようにくるんと動く瞳のあまりの愛らしさに、王子様は今すぐ強く抱きしめて唇を強く吸い上げたい衝動《しょうどう》にかられた。しかし意地悪をした時のリルがとても可愛いことを知っていたので、わざとそっけなくその手を払った。

「仕方ないだろう、たまにはご機嫌《きげん》を伺いに行かないと、母上が怒るんだから。それに留守にしたのはたった三日じゃないか」

　本当は今晩も泊まって行くように言われたのを振り切って、朝早くに王妃のもとを発《た》ち、昼前には戻れるようにと大急ぎで馬車を走らせたのだが、リルにそれを伝える気はない。

「でも、リルはいつも王子様と一緒。朝起きて、ご飯を食べて、遊んで、本を読んで、お風呂に入って、寝る時まで、ずっとずっと一緒。一緒じゃないと、嫌《いや》」

　すがるように再び膝に手を置くリルの頭を撫で、王子様は満足そうに唇の端《はし》を上げた。

「そうだね、リルは僕とずっと一緒じゃないと嫌なんだよね」

　王子様はいつもしているようにドレスの隙間《すきま》から手を入れる。手の平にすっぽりと収まる大きさの胸をゆっくりと揉《も》みしだくと、やがて赤い唇の隙間から、か細く甘い鳴き声が漏れ出した。


　森に囲まれた古城の一番奥に、その部屋はあった。

　クマが両手を広げて寝ても余りそうな大きなベッドと、二人分の椅子しかない小さなテーブルセットに、リルのドレスが二十着入る中くらいのクローゼットを置いたらもう一杯になってしまう部屋は、城の他の部屋と比べると決して広いとは言えなかったが、その代わり贅《ぜい》の限りを尽くして作られていた。

百合《ゆり》の花が彫刻された白い家具たちは全て象牙《ぞうげ》で出来ていて、手触りと怪我の防止のために、角《かど》という角はヤスリでなめらかに削《けず》られている。ソファーに張られたビロードは薄い桃色に染め上げられたシルクで織られており、淡いクリーム色の象牙にとてもよく馴染《なじ》んでいた。天蓋《てんがい》の掛《か》けられたベッドのリネンたちはソファーと同じ色のシルクで、肌触りも最高な高級品だ。贅沢《ぜいたく》なのは家具だけではない。裸足で歩いても足を痛めないように、床は毛足の長い絨毯《じゅうたん》が敷き詰められていたし、南側の壁は一面大きなガラス窓になっていて、朝から夕方までたっぷりと陽《ひ》を取り込むことが出来る。

また、室内にはさらにもう一つ扉があり、その奥はバスルームになっていた。金の猫足《ねこあし》がついた乳白色の陶器《とうき》で作られたバスタブに、いつでもあたたかいお湯が出るシャワー、全身を映《うつ》すことが出来る大きな姿鏡が設置されている。さらにその日の気分に合わせて香りを選べるバスオイルが取り揃《そろ》えられ、いつだって、バラの刺繍《ししゅう》が入った清潔なタオルが用意されていた。

どこぞの姫君のものかと見紛《みまご》うばかりのこの部屋だが、姫君が住まうには似つかわしくないものがあった。それは、窓ガラスを縦断する何本もの鉄の棒だ。もしもこれが綺麗《きれい》な色のリボンだったら、部屋の装飾の一つに見えたかもしれない。だが、無機質な鉄の棒では、鉄格子《てつごうし》と呼ぶ以外に似つかわしい名称がないほど無粋《ぶすい》だ。

外観も異様だった。丁度《ちょうど》城の三階と同じ高さまで石垣が積み上げられた天辺《てっぺん》にその部屋はあるのだが、部屋の床に当たる部分と、石垣の間にはネズミ返しのように大きな板がはめ込まれ、外部からの侵入者を阻《はば》んでいる。その様子はまるで囚人《しゅうじん》を投獄《とうごく》しておくための牢獄塔《ろうごくとう》さながらだ。

部屋に続く通路は一つしかなく、しかもこの城の主の部屋を通らなければ入れないようになっている。部屋の鍵《かぎ》を持っているのは、自身と身の回りの世話を担当しているメイドのみ。メイドが何かおかしなことをすれば、即刻《そっこく》首を刎《は》ねられることになっていた。

そこは、主が大切にしているペットのための飼育《しいく》室。王子様の飼っている猫の部屋だ。

城の主——サミュエル・アドフルは北の大地にある王国の第四王子だ。第四といっても、単純に国王の四番目の子ではない。間に姉が二人いるため、六人兄弟の末子ということになる。

今、王子の国は隣国との戦争の真《ま》っ只中《ただなか》にある。国境を跨《また》ぐ山に貴重な鉱石が眠っていることがわかり、利権を巡ってもう五年以上もの間戦いを続けている。第一王位継承者《けいしょうしゃ》である長男は王の右腕となって政務をこなしているが、それを苦々しく思う次男は隙あらば長男の揚《あ》げ足を取り、継承権を奪おうとしている。三男は国が負けた時に自分だけでも助かろうと、他国の貴人たちと秘密裡《ひみつり》に接触をしている。二人の娘は少しでも財政の豊かな国へ嫁《とつ》ぐことに夢中で、国の行く末になどまったく興味がないようだ。

王家の結束の悪さが祟《たた》ったのか、終わりがないようにも思えたこの戦いに、ようやく結末が見えてきていた。この国の惨敗《ざんぱい》という結末だ。戦況が不利なのは目に見えて明らかだったが、引き際を誤ったのか、最後まで投降する気がないのか、国は未だに悪あがきを続けていた。

サミュエルにとっても戦況は他人事ではないはずだったが、彼は、それがどこか遠い国で起きている出来事のように感じていた。

それもそのはず、サミュエルが本城からこの離宮《りきゅう》に移り住んで早十年。彼はほとんどの時間をこの城で過ごし、家族と会うのも年に数回、戦火を逃れて田舎の別荘に住む母親を尋ねる程度だ。自分が王族という自覚もなければ、戦場を目の当たりにしたことも、貧困生活を経験したこともなかったため、今が戦争中だという意識もなかった。それゆえ、戦争によって国民を苦しめているという罪の意識もない。

小さな森に囲まれたこの離宮だけは、外の世界とは別の時間が流れているのだと、サミュエルは信じて疑わなかった。

「もうこんなに先を尖《とが》らせてるなんて、リルはいけない子だね」

胸の膨《ふく》らみの上に見つけた赤い蕾を摘まみながら、サミュエルはもう片方の手で毛並みを揃えるようにリルの金色の髪を撫でた。透けるような真っ白な肌にほんのり赤味が差し、細い体が喜びに震え出す。そして赤い唇から、か細い鳴き声が漏《も》れ始めた。

「ん、あぁ……」

サミュエルの耳元で囁《ささや》かれる声はまるで餌《えさ》をねだる猫の鳴き声のように甘い。折れてしまいそうなほど華奢《きゃしゃ》でしなやかな肢体《したい》、腰まである稲穂のように柔らかな髪、大きく吊《つ》り上がったアーモンドアイ。

――可愛いリル、僕だけのリル。

リルはサミュエルのものだった。

比喩《ひゆ》でもなんでもなく、サミュエルの所有物だった。

サミュエルが森で拾ったあの日から、リルはサミュエルのものになった。

まだこの国が平和だった頃のことだ。国王の末子であるサミュエルは、天使の王子として国民の注目を一心に集めていた。ただでさえ、国王の子息子女は器量《きりょう》よしとして評判だったが、サミュエルの容姿は群《ぐん》を抜いていた。

父親譲りの黒髪と、母親譲りのブルーグレーの瞳。大きすぎず筋の通った鼻、薄めの唇。小さな顔の中にそれぞれのパーツが行儀よく並んでいる。恥ずかしがり屋で、はにかんだ笑顔は愛らしく、少女と見紛うばかりの可憐ささえ備わっていた。

三人の兄は年の離れた弟など見向きもせず、生まれた時に形ばかりに祝いの言葉を述べにきただけで、後は会いにこようともしない。いくら国民に人気があるといっても、幼少の頃は誰だって、ましてや王族ならば必要以上にもてはやされるもの。自分の地位を脅《おびや》かす存在でなければ害はないと考えていた。

面白くないのは姉二人だ。年もそれほど離れておらず、しかも異性の弟が自分たちより美しいとほめそやされている。姉二人は、やれ羽ペンの使い方が下手だの、やれ髪の毛が撥《は》ねていてみっともないだの、難癖《なんくせ》をつけては、事あるごとにサミュエルを苛《いじ》めた。

大切にしていた本を破いたり、靴の中にカエルを仕込んでおいたり、櫛《くし》に糊《のり》をつけておいたりと、二人にとってみれば他愛《たわい》もない悪戯《いたずら》だったのかもしれない。だが、幼いサミュエルを傷つけるのには十分で、彼は徐々に部屋に引きこもるようになっていった。

そんなサミュエルを癒やしてくれたのは、一匹の猫だった。城の中庭で迷子になっていた毛足の長い白い仔猫は、光の下で金色に輝いて見えた。サミュエルはすぐに猫を部屋に連れて帰り、『リル』という名前と鈴のついた赤い首輪を付けて可愛がった。

リルはとにかく美しかった。陽だまりの中で寝転ぶ姿は一枚の絵画のようで、月に向かって琥珀色の瞳をくるりと大きく開かせる姿はカメオの装飾のようでもあった。

さらにサミュエルが朝晩懸命《けんめい》にブラッシングをしたお陰《かげ》で、白い毛並みはますます美しく輝き、肌触りは上質のベルベットのようになっていった。甘く名前を囁きながら同じベッドの中で抱きしめて眠る様は、恋人を愛でているようにも見えた。

愛らしい王子が猫を抱いて歩く姿はすぐさま城内の話題をさらった。中には就業時間に抜け出して、彼らが戯《たわむ》れる様を覗《のぞ》き見しに来るメイドまでいたほどだ。

しかしこれが、二人の姉の嫉妬《しっと》心にさらに火を点《つ》けた。二人は王子が部屋を離れている隙に、猫をさらって城から遠く離れた森に置き去りにしてしまったのだ。

そんなことをまったく知らないサミュエルは、リルの姿を探して一日中城を探し回った。二日、三日、一週間と続き、さすがの姉たちもその姿を見て罪悪感が芽生えたのか、リルを逃がしてしまったことを母親である王妃を通じて伝えた。その後のサミュエルの落ち込みようは、姉二人の想像をはるかに超えるものだった。『落ち込む』という言葉はふさわしくない。サミュエルは明らかに『おかしく』なってしまっていた。

何もない部屋の中で、リルの名前を呼びながら走り回る、あたかも誰か傍《そば》にいるかのように喋《しゃべ》り続ける、かと思えば一日中眠って目を覚まさない。これまで姉たちによるいじめで溜まっていたストレスが、リルのことがきっかけで表面に現れてしまったのだろうと医者は言った。食欲がなくなり、日に日にやせ細っていくサミュエルを見かねて動いたのは王妃だった。

健康的な心を取り戻してもらうには、サミュエルを悪しき環境から隔離《かくり》しなければならない。丁度隣国との関係が悪化し始めた時期でもあり、国政が不安定になってしまったら、彼の心はますますおかしくなってしまうだろう。そこで王妃は、その頃はもうほとんど使われていなかった田舎町の森の奥の離宮に信頼出来る使用人を集め、そこにサミュエルを住まわせた。

時が止まったかのような、静かで穏やかな別世界。サミュエルを敬う使用人たち。サミュエルの心は平静を取り戻していったかに見えた。

だが、幼心につけられた傷は、周囲が考えるよりずっと深かった。それが露呈《ろてい》したのは離宮に移り住んでから一年後、サミュエル七歳の時のことだ。

朝の空気が冷たく感じられるようになった初秋のある日、サミュエルは数人の使用人を連れて森へ狩りに出ていた。狩りと言ってもウサギを追いかけまわす程度の可愛いものだ。木々の間や茂みの中を自由に駆け回るウサギの姿を見つけては飛び掛かり、逃げられては笑い転げるという、無邪気な少年らしい遊びをするサミュエルの前に、『それ』は現れた。

サミュエルは最初、ウサギとだと思って抱きつき、すぐに自分の間違いに気がついた。赤、黄色、茶色。枯れた葉の上で丸くなる白と金のフワフワしたもの。ぱちりと大きな目を開けて、琥珀色の瞳にサミュエルの姿を映す。

いなくなったはずのリルが、そこにいた。

瞬時にサミュエルは『理解』した。二人の姉がリルを捨てた森というのはここのことで、それ以来リルはずっとこの森で彷徨《さまよ》い続け、サミュエルの迎えを待っていたのだと。一年という年月がリルを成長させ、さらに美しくしたのだと。

城の侍医の診察によるとリルは四歳から五歳、軽い擦り傷以外の外傷はなく、病気も患っていないとのことだった。

このまま城で『飼う』と言い出したサミュエルに、苦言を呈す者がいなかったわけではない。汚れてはいたものの、リルが着ていた白いドレスは上等な絹織物で出来ていたし、長い髪は手入れが行き届いて色艶《いろつや》もよい。そして手だけではなく、足の爪まで丸く整えられ、綺麗に磨かれている。高貴な生まれであることは疑いようもなく、面倒が起こる前に、そして何より本人のためにも家に帰してやるのが妥当《だとう》だと思われた。

だがサミュエルは、リルは元々は自分が飼っていた猫なのだから、他に家などないと言い張った。リルを連れて部屋に閉じこもり、飼うことを許してくれるまで出ないと喚《わめ》いた。

このまま無理に引き離したら、サミュエルは再び『おかしく』なってしまうかもしれないと、離宮に住む誰もが思った。いや、もうすでにおかしくなっていて、さらに症状が悪化してしまうのではないかと。

報告を受けた王妃も、同じことを考えたようだ。三日三晩頭を抱えて悩んだあげく、下した決断は、『王子の拾った猫については離宮で飼うことを許可する』だった。幸い、リルは森には来るまでの記憶がなく、身元を突き止めるのは困難だった。

かくしてリルは正式に、『猫』として飼われることになった。

サミュエルは朝晩リルの髪をブラッシングし、首には鈴のついた赤い首輪を付け、同じベッドで抱きしめて眠った。最初は戸惑っていた使用人たちも徐々に慣れていき、一ヶ月も経つ頃には、誰もがこう思い始めていた。

――リルは、王子様の猫なのだと。

「胸、触るだけじゃ嫌。舐めて、強く吸って欲しい」

華奢な体をくねらせながら、リルが膝の上に跨《また》がってきた。開《はだ》けた胸元から見える赤く熟《う》れた蕾《つぼみ》は、もっと大きな刺激を求め、サミュエルに向かってツンっと硬く尖っている。

「まるで、さかりのついた雌猫《めすねこ》だね」

皮肉に歪ませた唇で冷ややかに言うと、リルはきょとんと首を傾げた。

「さかりって？　それは褒《ほ》めてるの？」

「貶《けな》してるんだよ」

短く吐き出すような言葉に、リルの整った顔が哀しそうに崩れた。さかりという言葉はわからなくても、貶すという言葉は理解出来たようだ。

「王子様は、リルが嫌い？」

すがりつき、泣きそうに潤《うる》む瞳が訴えている。

『王子様に嫌われたら生きていけない』

サミュエルは優越の笑みを浮かべると、リルの髪を指に絡《から》ませ唇を寄せた。

「好きだよ、リル。僕の言うことを素直に信じて、何の疑いも持たずに傍に寄り添ってくれる君が好き」

「うん、リルは王子様のこと、信じてる。ずっと王子様の傍にい……んっ」

無邪気《むじゃき》に微笑むリルの言葉を遮るように唇を奪い、小さな舌を強く吸い上げる。リルの方からも積極的に唇を重ねてきていやらしく舌を絡めると、唇の隙間から透明な液体が零《こぼ》れ、つうっと顎の下の辺りまで光る筋を作った。筋に沿って唇を這《は》わせ、鎖骨《さこつ》を通り過ぎてさらに下りると、サミュエルは舌先で白い肌と桃色の境目を丸く舐《な》め、硬くなった胸の先をぱくりと口に含んだ。

「はぁんっ！　んぁ、あっ、ふっ」

きめ細やかな肌の上にふわっと鳥肌が浮き、小さな体が小刻みに上下に揺れ始める。

「大きな喘《あえ》ぎ声だね」

「はぁ……ダメ？　王子様、嫌い？」

「いつもは好きだけど、今日は聞きたくない」

そう言われた途端《とたん》、リルは唇を噛《か》んで声を押し殺した。その様子を見て、サミュエルの喉の奥が楽しそうに鳴った。

「僕にこうされるのは好き？」

赤い蕾を舌先で転がしながら、サミュエルが問うと、リルは口元に軽く手を添《そ》えて頷いた。紅潮《こうちょう》する頬と声を抑えて切なく震える唇が、それが嘘ではないことを示している。サミュエルは濡れた耳にふうっと息を吹きかけながら、優しく甘く囁いた。

「いい子だね。じゃあ、声に出して答えてごらん」

「はぁっ！　んっ、あぁ……好き、こうされるの、好き」

嬌声《きょうせい》を混ぜながら答えるリルの唇の先に、人差し指がそっと置かれる。

「喘《あえ》いだらダメだよ。今日は聞きたくないって言っただろう？」

再び泣きそうな顔で唇を固く結ぶリルを薄目で見ながら、サミュエルはドレスの裾をたくし上げ、指を下腹部に忍ばせた。水分をたっぷり含んだ花びらを押し開き、その中から硬く膨らむ場所を探り当てると、二本の指できゅっと摘《つ》まんだ。

「はぁっんっ！」

細い腕をサミュエルの背中に回し、リルがしがみついて鳴き声を上げる。小さな体は全身に汗が滲《にじ》み、熱を帯び、触れているサミュエルの体まで熱くする。

「あんっ、そこ、気持ちいい。はぁ……」

体の奥まで快感に震え、リルは恍惚《こうこつ》の表情を湛《たた》えている。しかしサミュエルはわざと冷たく引きはがし、怖い顔をつくるとリルを軽く睨《にら》みつけた。

「僕はさっき、喘がないでって言ったよね？　そんなこともすぐに忘れるぐらい、リルは悪い子なのかい？」

今度こそ本当に、サミュエルが怒ったと思ったのだろう。恍惚の表情から一転、リルの顔が哀しみに曇る。

「ごめんなさい、王子様。リルね、リル……」

リルが謝る必要も言い訳を探す必要もない、くだらなくて理不尽なサミュエルの怒りを静めるために、リルは必死に言葉を探している。子どもの頃からほとんど成長していないであろう心を痛め、小さな頭を懸命に回転させてサミュエルに嫌われないようにしている。全ては、サミュエルに捨てられないために。

サミュエルはふっと表情を和らげると、赤く熟した唇を吸い上げ、蕾を弄《いじ》っていた指を中に入れた。くちゅっと淫靡《いんび》な音がして、中からいやらしい匂いのする雫《しずく》が溢れ出す。

「んっ、くっ、ふあっ」

吐息《といき》が零れるのを防ぐように、リルは積極的に自分から唇を合わせた。快感を我慢すればするほど大きくなる興奮に、リルの唇が震える。

「今度こそ、僕の言うことを聞くんだよ？」

唇を離し、リルの耳たぶを甘く食《は》む。びくんっと背中を反らすと同時に、サミュエルの指を咥《くわ》え込んだ中がきつく締まった。

サミュエルの舌は耳たぶから裏に回り、付け根の辺りをねっとりと舐めた後、耳の穴の入り口でチロチロと遊ぶように動く。リルは嬌声を漏らさないよう、唇を強く噛み、眉間に切なく皺を寄せて目を固く瞑っている。

——可愛いリル、僕だけのリル。

意地悪した時に見せる、リルの哀しい顔、困った顔、拗《す》ねた顔が好きだった。その後優しく抱きしめてあげた時の、安堵と喜びの笑顔がより一層美しく見えることを知っているからだ。

「んっ、ねえ、耳たぶと、裏と、耳の穴、どこが好きなんだい？」

「……耳の、穴」

淫らな声を上げるとまた怒られることがわかっているからか、リルは僅《わず》かに唇を開き、零れる息に声をのせて吐き出した。

「そうなんだ、耳の穴を舐められるのが好きなんだね。じゃあ、ここを弄られるのと、耳の穴を舐められるのだったらどっちが好き？」

長い指の一番先が、リルの奥の熱い部分を上下にくすぐる。咲き初めのバラの花びらのように柔らかいそこは、指の動きに反応して蜜《みつ》を滴《したた》らせる。溢れる雫を手の平で受け止めると、さっきよりも濃い匂いが鼻先をくすぐった。

「どっちも、好き。耳も、そこも、好き」

快感を懸命に堪え、甘く囀《さえず》るようにリルが答える。瞳には涙が浮かび、あと一回瞬きをすれば零れてしまいそうなのを、下睫毛《したまつげ》が必死にせき止めていた。

「僕はどっちなのか聞いてるんだよ？　耳と、ここと、どっちって？」

くいっと指を折り曲げると、まるでそこにからくりのボタンがついていたかのようにリルの顎がカクンと上がり、唇がだらしなく半開きになった。両手を胸の前で組んで祈るようなポーズを取ると、瞳から堪えていた快感の涙がぽろりと零れた。

「下の方が、気持ちいい」

か細い声で答えたリルの鼻の頭にご褒美《ほうび》のキスを一つ落とすと、サミュエルは自分の反り立ったものを取り出した。それを見るなり、リルの喉が物欲しそうに鳴る。そしてすぐに快感を求めて腰が下りてきた。

「ダメだよ、勝手に入れたら」

サミュエルはリルの腰を掴むと、意地悪く目を細めた。そして先の方だけ押し付けて、濡れた花びらをゆっくりと擦り上げる。膨れた小さな蕾の上を滑った時、細い体がのけぞり返った。

「あぁっ……！」

自分が嬌声を上げてしまったことに気がつくと、リルはドレスの裾を捲《まく》り、それを噛んだ。こうすることで少しは声を我慢出来ると思ったのだろう。

「本当にいい子だ」

すっかり尖って濃い色に変化した胸の先を摘まんで二本の指で弄りながら、反り立つものでリルの表面を擦《す》る。リルの透明な蜜は白い腿《もも》の内側を伝わり、ベッドシーツに水玉模様を作る。

「んくっ、うっ、ふぅっ」

ドレスを噛んで懸命に声を我慢する自分が、どれだけ男を誘ういやらしい顔になっているのか、リルは気がついていない。

白い頬はバラ色に染まり、琥珀の瞳はとろんと潤み、赤い唇の端には唾液が滲みぬらぬらと怪しく光っている。眉間に切ない皺《しわ》が出来ることで、美しい顔がほんの少しバランスを崩し、それがまたえも言われぬほどの色気を醸し出している。

決して大きいとは言えない胸は、体を揺らす度にささやかに揺れ、先にある蕾の色は揺れに合わせて徐々に濃くなっていく。細い腰には不似合な、大きめの双丘がくねりながら艶《なま》めかしく動く。

長い睫毛を伏せた表情が、些細《ささい》な仕草のひとつひとつが、自分の存在の全てが、どれほど男の欲情を駆り立てているかなど、リルは知らないのだ。

それをこれからも知ることはないだろう。いや、知ることがあってはならない。

リルの全ては、サミュエルのものでなければならないのだから。

「可愛いリル」

優しく囁くと、サミュエルはリルの腰を強く摑み、十分すぎるほど潤うそこに自分のものを一気に押し込んだ。

チリンと、小さく鈴が鳴る。

「あぁっ！　ふぁっ、はっ、あっ……！」

口元からドレスの裾が落ち、リルの唇から遠慮のない甘い吐息が零れる。サミュエルも、もうそれを咎《とが》めることはしない。リルが愛らしく喘ぐ声は、サミュエルの中を刺激する大事なスパイスの一つになるからだ。

強い締め付けに、一瞬、天辺に達しそうになったサミュエルだったが、一番奥に入れたまま、少し呼吸を整えることでそれを防いだ。

「あまり締めるとすぐに終わるかもしれないよ？　いいのかい？」

「いやぁ……たくさん、するの」

「じゃあ、少し我慢して」

「うん、我慢する。我慢、出来る」

言葉とは裏腹に、リルは自ら腰を動かし中をぎゅうぎゅうと締め付けてくる。サミュエルは苦笑すると、リルの背中を抱いてそっと横たえた。そしてリルの腿を両手で押さえつけ、繋がった部分がよく見えるように尻を掴んで持ち上げる。

まずはゆっくりと動かし、中を広げた。最初は少しきつかったそこが、散々覚えさせられたサミュエルの形に合わせて広がっていく。十分に滑りがよくなったのを確認すると、動きを速めた。リルが好きな場所も、角度も、全てを知っているサミュエルは、リルが一番気持ちがいい動き方を知っていた。

「んんっ、あっ、王子様、気持ちいいよぅ」

リルは、小さな体の全てでサミュエルを受け入れてくれる。中はうねるように動き、強く締め付けて、サミュエルの体に宿る快感の全てを搾《しぼ》り取っていく。

「ふあっ、あっ、リル、あのね、んんっ、あぁっ」

背中に回ったリルの足に力が入る。リルがもうすぐイク時の合図だ。サミュエルはしっかりと体を押さえつけ、反動でリルが上に行ってしまうのを防ぎながら、激しく中を打ちつけた。さらに深くまで入るようにリルの腰を掴んで浮かせて動きを速めると、リルの背中が打ち上げられた魚のようにびくびくと痙攣《けいれん》し始めた。

「あっ、あぁっ、イっちゃぁ、イっちゃぅ……！」

イク瞬間、中がねじれるようにぎゅうっと締まり、リルは今にも蕩《とろ》けそうな、恍惚の表情でサミュエルを見ている。イッたばかりの体は熱く、しっとりと手の平に肌が吸いつくほど、汗をかいていた。

「リルはいつも激しいね」

笑いを混ぜて囁きながら、リルの体をひっくり返すと、今度はお尻を鷲掴みにし、後ろ

から挿入した。溢れて零れる愛液が、サミュエルの反《そ》り立つものの下にある柔らかい二つの部分まで濡らす。

「あっ、いやっ、後ろから入れられると……んんっ」

「嫌なのかい?」

「またすぐに、イっちゃう……」

淫乱《いんらん》な呟《つぶや》きに、サミュエルは自分のものが一回り大きく膨らみ、張りつめるのを感じていた。このままだと、動かしてからすぐにイってしまうかもしれない。

なかなか動かないサミュエルに痺れを切らしたリルが鼻の頭から抜けるような甘い声を出した。

「ん、王子様、動かして、リル、もっと気持ちよくなりたい。早く、動かしてぇ……」

目の前では、すっかり野獣と化した子猫が自ら腰を動かしてサミュエルを誘っている。顔だけこちらに向け、ぽってりと火照《ほて》る唇を軽く開き、いやらしい目で見ている。この誘惑の眼差しに勝てる男など、この世の中には存在しないだろう。

サミュエルはふと笑みを浮かべると、リルの中で張りつめるものを動かし始めた。

「はぁっ、んっ、いい……! あっ、そこ、もっと……あ、いっちゃ、いっちゃう」

抱きしめた枕で押し潰された胸の端が、背中から見える。なだらかにカーブを描いて突き出した双丘が、サミュエルの腰に合わせて激しく動く。

後ろから突くのは嫌いではない。リルが自分の支配下にあるのだと、悦《えつ》に入《い》ることが出来るからだ。

「あぁっ、イ、イク、イク……んっ、あぁっ！」

一回目ほどではなかったが、イったリルの中がまたきつく締まる。

「くっ……僕も、イクよ。いいね？」

今度は自分が達するためだけに、中を動かす。一番感じる裏の筋の部分が内壁に擦れるようにしながら、ひたすら上を目指して白い世界を突き進んだ。

「はぁ、あ、リルは、どこに出して欲しいんだい？」

どうせ答えはわかっていたが、サミュエルが聞くと、リルはお決まりのようにこう返す。

「中に、中にっ、いっぱい、出して。中に出されると、気持ちいい、から。お願い……！」

リルのその願いは大抵叶えられるのだが、サミュエルはたまに意地悪をしてわざと外に出すことがある。だけど今日は、リルの中でイきたい気分だった。

「もっとちゃんとお願いをしてごらん」

本当はもう、自分もすぐにでもイってしまいそうなのに、サミュエルはそれでも余裕のふりをしてリルに囁いた。素直なリルは涙をこぼしながら、声を震わせる。

「あっ、中に、出して、下さい。リルの中、王子様ので、いっぱいにして下さい……！」

「わかった」

満悦に唇の端を上げ、サミュエルはさらに動きを速めた。頭の天辺と、リルと繋がる下腹部と、二つの場所に向かって同時に波動が広がっていく。

「はあ……くっ、あっ、出るよ、リル……イクよ……」

「んぁっ、ふぁっ、来て、来て……！」

「あ、あ、くっ、うっ……！」

根元が震え、熱いものがリルの中で迸《ほとばし》る。大袈裟《おおげさ》ではなく、このまま死んでしまっても悔いはないと思えるほどの快感と達成感が全身を包む。今この瞬間、大切なリルを自分自身が汚しているということに、えも言われぬ充足感を覚えていた。

「……はあ……」

大きなため息と共に、覆い被さるようにリルの背中へ崩れ落ちる。繋がった隙間から白《はく》濁《だく》の液が溢れ、ツンと鼻をつく匂いが辺りに広がった。

「ん……たくさん出たよ」

引き抜くと、くちゅっという音と共に二人の混じり合った蜜がシーツを汚した。

どうせ、すぐにメイドが片づけるのだ。

サミュエルはおかまいなしにそこを避けてリルを抱き寄せ、始まる前と変わらない、ねっとりと絡むキスを浴びせた。

「んぁ、はぁ、今日は、後、何回、出来るの？」

キスの合間の呼吸に合わせ、リルが言葉を紡《つむ》ぐ。

「そうだね、リルがしたいだけするよ。リルは何回したいんだい？」

「王子様がしたい数だけ、したい」

望み通りの答えにサミュエルは薄く笑うと、まだ自分の出したものが残る花びらに、再び指を伸ばしていった。

サミュエルがようやく満足した頃には、空が薄い紫色に染まり、森が夜を迎える準備をし出していた。城に戻ってきたのが正午頃だったので、呆れるほど長い時間、体を重ねていたことになる。

何度も絶頂を迎えて疲れ果てたのか、リルは裸のままサミュエルにピタリと体を寄せて眠っている。背中を丸める姿は本当の猫のようだ。

サミュエルは、ランプの灯りに照らされて光る白い肩に口づけを落とした。

王族の男性がほとんどそうであるように、年ごろになったサミュエルには、性欲処理のためだけの女性が宛がわれた。とは言っても、街の娼館で拾ってきたような娘ではなく、感染するような病気は持っていないか、城で見聞きしたことを外に漏らさないと信用出来るか等、厳しい審査を通ったそれなりの家柄の女性だ。サミュエルに宛がわれたのはいわゆる未亡人として出戻った者で、子どもこそいないものの生娘ではなかったし、サミュエルより十歳以上も年上だった。

いつもは使われていない客室に呼ばれ、手慣れた手つきで服を脱がされ、舌と舌を絡ませる口づけをされた。自分の手ではない誰かの手にものを触わられた時は、初めての経験に興奮した。体の隅々《すみずみ》まで舐められて、それを口に咥えられ、最初はたまらず女性の口内に出してしまった。

女性の秘められた部分をじっくりと見るのも初めてだったし、もちろん中に入るのも初めてだ。何が何だかよくわからないまま、サミュエルは果てていた。

隣で眠る女の裸体を見つめ、出て来た感想は一言。

『なんだ、こんなものか』

確かに肉体の満足感は得られたが、終わってしまえばなんてことはない。またすぐにでもこの女を抱きたいという衝動にかられることはなかったし、誰かが話していたように、行為を思い出して体が滾《たぎ》ることなど自分には縁遠そうだとサミュエルは思った。

女を置いて明け方頃に自分の部屋に戻ったサミュエルは、ベッドの不自然な膨らみに気がつき、毛布を捲った。するとそこには体を丸めて眠るリルの姿があった。

リルの部屋と自分の部屋との行き来は自由にしていたが、許可も得ずにリルがサミュエルのベッドに入って来たのは初めてだった。

気配を感じたのか、リルが起き上がる。寝ぼけ眼でサミュエルを見つめる瞳の下には、涙の痕があった。もしかすると、漠然と何かを感じ取っていたのかもしれない。

「リル、待ってた。サミュエルが戻ってくるの、待ってた」

はにかんで笑う顔を見た時、サミュエルは初めてリルに対して可愛い猫以上の感情を抱いた。

リルの全てを自分のものにしたい。心も、体も、全てを自分の思うがままにしたい。

愛情、欲情、執着、征服欲。

そのどれかはわからない。全てなのかもしれないし、どれでもないのかもしれない。とにかくサミュエルはリルが欲しかった。欲しくて、欲しくて、たまらなかった。

サミュエルはリルを抱いた。さっき女がしてくれたことをそのままリルにした。

服を脱がせ、舌と舌を絡ませるキスをし、体中隅々まで舐めた。リルの体はサミュエルも気がつかないうちに大人に近い形になっていて、肌の上を滑る舌や花びらを奥まで弄る指に敏感に応えた。

中に入れる時に一瞬怖がる様子を見せ、動かしている間中、小さな声で痛い、痛いと鳴いていたが、最後まで抵抗することはなかった。それどころか、こうされることを待っていたかのように、小さな手でサミュエルの体にしがみついて離れようとしなかった。

それ以降、サミュエルが例の女を呼ぶことはなく、その代わり彼の私室からは毎晩のように甘えて鳴く猫の艶めかしい声が聞こえるようになった。

ろくな娯楽も刺激もない生活の中で、サミュエルとの情交はリルにとっても楽しみの一つとなったようで、リルはあっという間に溺《おぼ》れていった。サミュエルの方も、リルに少し触れただけで欲情を抑えることが出来なくなり、所構わず抱いた。小さな体が自分の体液にまみれてどろどろになっているのを見ると、さらに大きな欲情が生まれ、それは尽きることがなかった。

二人は暇さえあれば体を重ね、人目もはばからずあられもない声を上げた。

肌を重ねるごとにサミュエルのリルに対する気持ちは大きくなったが、それに比例するように、その気持ちの正体が一体なんなのかわからなくなった。

愛情？　欲情？　執着？　征服欲？

わからないからこそ、サミュエルは何度も心の中で呟く。

リルは、僕だけの猫。


「ん……」

白い体がもぞもぞと寝返りを打ち、サミュエルとの距離を縮める。密集した長い睫毛が何度か動き、ゆっくりと開いて琥珀の瞳がサミュエルを映す。

「……あ、リル、眠ってた？　王子様、リル、眠っちゃってたの？」

何も答えず、ただリルの髪を撫でるだけのサミュエルに不安を覚えたのか、さらに近づいて彼の胸に顔を埋《うず》めると、鼻先を左右に擦り付けた。

「怒ってるの？」

「どうしてそう思うんだい？」

「約束守れなかったから。いっぱい、声出しちゃったから。聞きたくないって言われたのに」

言ったサミュエル自身がとっくに忘れていた悪戯な一言を、リルはずっと気にしていたようだ。サミュエルはガラス細工のような肢体をそっと抱き寄せた。そして彼女の金色の髪を指に巻きつけながら囁いた。

「大好きだよ、リル。だけど、もしも君が僕の傍を離れたいと思うようなことがあったら……」

――君を殺すから。

2.

外出を許されるのは、サミュエルと一緒の時だけ。

首輪に鎖を付けられ、城の中庭を散歩する時が、リルが唯一外の空気を吸える時間だ。

サミュエルは片手で鎖を引き、もう一方の手でリルの手をしっかりと握っていた。少しでも離れようものなら鎖を引っ張られ、苦しい思いをするのがわかっているので、リルも決して傍を離れなかった。

城の壁に四方を囲まれた中庭は、リルの部屋と同様に小さいながらも美しく整えられていた。

敷き詰められた、背丈を揃えられた芝《しば》に、一見適当に見えて、だけど計算し尽くされた場所に置かれた大理石の飛び石、小さな噴水、それからブランコ。これらは全て、サミュエルがリルのために造らせたものだった。

「王子様、ウサギの匂いがする」

部屋は一日中花の香りで満たされていたけれど、リルはやはり外の匂いの方が好きだった。

芝の青い匂い、足元で咲く野の花の匂い、風にのって運ばれてくる、どこか知らない場所で降っている雨の匂い、それから、柔らかく降り注ぐお日様の匂い。様々な匂いが合わさって一つの匂いになる。リルはそれを『ウサギの匂い』と呼んでいた。

「本物のウサギは、こんな匂いはしないよ」

サミュエルが前を歩いたままそっけなく答えても、リルは気にしない。それが、いつものサミュエルの受け答えだったからだ。

「リル、ウサギの匂い好き。とてもいい匂い」

「そうか、それはよかったね」

「うん、よかった」

同じ会話を、もう何度繰り返したことだろう。子どもの頃からほとんどの時間をサミュエルと過ごし、ろくに教育も受けて来なかったリルが知っていることなど数えるほどしかない。今見ているもの、今感じていることをただ口にするだけだ。まともな会話など出来るはずがない。

　リルもサミュエルもそれでお互いに不満を持つことはない。二人にとってそれは、当たり前のことだったからだ。

「少し座ろうか」

　サミュエルの声に誘われるがまま噴水の縁に腰掛け、リルは彼の膝の上に頭をのせる。そのまま目を閉じ、腿に頬を擦り付けながら、手を内腿に回してさすった。

「くすぐったいよ」

　そっけなく言って軽く体を捩ったサミュエルだったが、本気で嫌がっているわけでないことは、声に混じる微かな笑い声でわかる。

「でも、触りたい。王子様のこと、触りたい」

　触っていないと、不安になる。

　リルにとってサミュエルは、この世で唯一の『人間』だ。世話をしてくれるメイドはいたが、『メイド』は『メイド』で、リルの思う『人間』の概念から外れる。『メイド』はどこまでいっても『メイド』でしかなく、サミュエルは『王子様という種類の人間』というのがリルの考えだ。

　メイドは身の回りの世話をよくやってくれるが、リルを抱きしめてはくれない。いくらお風呂に入れてくれても、着替えをさせてくれても、食事を運んでくれても、必要以上にリルと接触しようとしない。きっと、サミュエルにそう言われているからだろう。だからリルには、メイドは動く人形にしか見えていなかった。

小さな世界の中で人間はただ一人、サミュエルだけ。城内のことですらサミュエルを通してしか知らないリルにとって、サミュエルが世界の全てだった。

「王子様、好き。好き。好き」

おまじないのように呟きながら、内腿よりももっと奥、二つの柔らかい部分の近くまで指を忍ばせ、足の根元から膝の辺りまでを何度も往復させていると、頭の後ろに当たるものが大きく硬くなっていくのがわかった。リルはごろんと転がってサミュエルの顔を見上げると、切れ長の瞳をじっと見つめながら、悪戯っぽく目をくるんと動かした。

「王子様、興奮してるの？」

無表情なサミュエルの頬が、ほんのりと赤く染まったのをリルは見逃さなかった。淡々として、感情をあまり表に出さないサミュエルだったが、だからこそリルは無意識のうちに、彼のほんの僅かな変化から感情を読み取る術《すべ》を身に着けていた。今のサミュエルは、本当のことを指摘されて恥ずかしがっているようだ。

「もっとしても、いい？」

薄いブルーグレーの瞳が、リルから逃げるように空に向けられる。風に揺れる黒髪を滑る日の光は、夜の帳《とばり》に落ちた夜露《よつゆ》のように静かに光っている。

頬の赤味が収まったと感じたのか、再びリルに視線が落ちる。だけど頬にはまだ、微かに朱色が残っている。それに気がついていないサミュエルは、すました顔でそっけなく言った。

「やるなら上手にやらないとダメだよ」

「うん。上手に、する」

嬉しそうに目を輝かせると、リルは自分の顔に垂れた長い髪を耳にかけた。そして膨らんだ下腹部に手を置きながら、軽く開かれたサミュエルの足の間に膝をついてしゃがんだ。

ズボンの合わせを開いて取り出したものが、すでに反り返るほど硬く張りつめているのがわかった時、リルは奥からこみ上げる欲情に体が熱くなるのを感じていた。

両手で摑んで先が少し出るぐらいの大きさのものは、赤黒くて少しグロテスクな色をしている。上向きの矢印のように窪《くぼ》んだ部分の真ん中から、下に向かって太い筋が通り、その周りを無数の血管が行き交っているのが見える。天辺には小さな穴があって、そこにはうっすらと光る液体が溜まっていた。

「リルね、王子様の舐めるの、大好き」

躊躇《ためら》うことなく口づけて、わざと大袈裟に音を立ててちゅるちゅると吸い上げる。自分の口から溢れた唾液を全体に塗り付け、親指を筋の上に置いて両手を上下に滑らせる。窪んだ部分の下から付け根の辺りまで、ゆっくりと何度も。

「んぁ、ふぅ、ちゅっ。王子様の、汁がいっぱい出てる」

「んっ、はあ……余計なことを言わないで舐めて」

上から頭を押さえられて、喉の奥までそれが押し込まれる。えずいてしまいそうになるのを堪えて、頭を上下させると唾液で濡れる舌を滑らせた。

「そう、リルは上手だね。いい子だ」

褒められて嬉しくなったリルは、もっとたくさん褒めてもらおうと、もっとたくさん喜んでもらおうと、さっきよりも速く、手も舌も動かした。

「あむっ、んふぅ、はぅ……」

ぬるりとする天辺の穴に舌を差し込み、蜜をかき出すように動かす。今度は手を下から上に軽く絞るような仕草で動かすと、さらに蜜が溢れて滴り落ちる。

深く咥え込みながらサミュエルの顔を盗み見ると、逆光に照らされた細い顔の輪郭《りんかく》が、快感を我慢して僅かに震えているのがわかった。本当はもっと感じている声を聞きたいのに、リルが口で可愛がる時、サミュエルはいつも声を我慢する。

「んんっ、気持ち……いぃ？」

「ああ、とてもいいよ」

頷いて答える声の中に吐息が混じる。その息が首筋に落ちると、リルまで興奮して体の奥が熱くなり、とろんとした蜜が下着を濡らした。

「はむっ、んちゅっ、はぁ、はぁ、んんっ……！」

口の周りを唾液まみれにして夢中で舐めるリルの肩に、そっと手が置かれる。リルよりも一回り大きい手。

「リルも、気持ちよくなりたいかい？」

肩に置かれた手が、服の隙間からすっと中に入ってきて、リルの胸の固い部分を軽く弄った。頭の中をきゅうっと絞られるような錯覚に、思わず唇を離して背中を反らす。溢れるものをせき止めていた岩はあっさりと崩れ、欲望の波に引きずり込まれていく。

「おいで」

手を引かれるままに跨ると、サミュエルは滲んだ汗を拭うように、リルの耳の裏から首筋、それから鎖骨の辺りを丁寧に舐めた。

「はあっ、あ、あ、あんっ！」

底知れぬ波は激しく渦を巻き、リルを飲み込む。首を舐められれば胸を触って欲しくなり、胸を触ってもらえば、今度は奥を大きなもので突いて欲しくなる。

サミュエルの言う『はつじょうした猫』になったリルは、早く中に入れて欲しくて、背中を伸び縮みさせながら彼にすり寄った。そんなリルにサミュエルは、蔑んでいるような、憐れんでいるような、それでいて愛しそうな眼差しを向けると薄く笑った。

「自分で入れてごらん」

頷き、サミュエルのものを持って自分の入り口に導いた。ゆっくりと腰を沈めると、開いた花びらがそれを飲み込んでいく。リルの体に対して随分と大きなそれは中を圧迫して息が苦しくなるけれど、奥まで達した時の悦《よろこ》びが、苦しみを全て吹き消してしまう。

「奥、当たってる」

吐息を吐き出してサミュエルの首に手を回し、強くしがみつく。その拍子に中がこすれてリルの奥を刺激した。額の真ん中を内側から押されるような感覚に、一瞬目の前の景色が霞む。

「んんっ！」

ぴくぴくと小刻みに震えるリルの肩の上に、呆れたようなため息が落ちる。

「イクのはまだ早いよ。自分で動けるね？」

「うん……」

リルは両足を噴水の縁にかけると、あられもない姿でサミュエルにぶら下がり、腰を上下に動かし始めた。

跳ね返る噴水の水飛沫《みずしぶき》だけではとても冷ますことが出来ないほど、頬が火照っている。内壁を擦る杭《くい》は太く、熱く、奥を刺激される度、思考がどんどん破壊されていく。

ここが中庭であることも、回廊を通る使用人たちが横目でこちらを見ていることも、ドレスの裾が噴水の中に落ちて濡れていることも、全てがどうでもよくなってくる。

「ふぁあっ、んっ、ここ、いいの、気持ち、いい」

一番奥の、へそ側。自分の一番感じる場所を知っているリルは、そこに当たるように腰を動かした。

「リルね、ここ、好きなの。ここ、気持ちいいのぉ……」

「知ってるよ。どう動かしたら君がすぐにイクのかも、全部知ってる」

サミュエルの方もリルに合わせてゆるゆると動き始め、やがて激しく突き上げてきた。

「ああっ、激しい、んぁっ！　そんな、されたら、すぐにイっちゃぅ……。んっ、はあっ」

「君をイかせるために激しくしてるんだよ」

サミュエルは、自分の太いものの先にある窪みをわざと軽くひっかけ、その反動でリルが好きな場所をさらに強く打ち付けてくる。リルの体はその一ヶ所から流れる波動によって指先まで痺れ、あまりの快感に息をするのも苦しくなる。

「王子様ぁ……イク、イクっ、イクぅ……！」

リルの悦びの全てはサミュエルによってつくられる。リルの哀しみの全てはサミュエルによって生み出される。リルはサミュエルのものだから。

——リルは、王子様のものだから。

「うぁっ、イっ、イクっ、い、い、イクっ……！」

サミュエルの頭にしがみつき、バネのついた玩具《おもちゃ》のように揺れながら天辺に達すると、リルは口をぱくぱくと開けた。中はじんっと熱く疼《うず》き、まるで別の生き物のように勝手にサミュエルのものを締め付けている。

「ふぁ……はぁ、イっちゃった……」

リルが満足げな顔で少し笑うと、サミュエルは汗で額に張り付いた前髪をかきわけてくれた。

「全身、ぐしょぐしょだね」

汗のことだけを指したわけではないようだ。

意地悪く笑い声を漏らしながら、サミュエルが入れたままのものを円を描くように動かす。噴水のせせらぎに混ざって、確実にそれとは違う音が響く。

「リルの匂いがここまで漂ってくるよ」

「……ウサギの匂い？」

「違う、リルの匂いだよ。欲情にまみれた、セックスのことしか頭にない、可哀想な猫の匂いだ」

「あうっ……！」

いきなり動き出されて、まだぐったりとして力の入らないリルは振り落とされないように必死でしがみついた。

もうこれ以上の高みはないと思っていたのに、さらに上へと押し上げられて、何も考えられなくなる。それでも別によかった。リルは猫なのだから、余計なことなど考えなくてもいいのだ。

「ふぁ、はっ、あぁ……んんっ……！」

「リル、セックスが好きだろう？　一日中、僕とこうすることだけを考えているんだろう？」

サミュエルの言葉は半分は当たっていて、半分は間違っている。

セックスは好きだが、一日中、サミュエルとこうすることだけを考えているわけではない。一日中、サミュエル自身のことを想っているのだ。

「王子様……好き、リル、王子様のこと、好き……。あぁっ、はあ……んんっ！」

「君が僕を好きっていうのは当たり前だろう？　君は僕のものなんだから」

そう言った声に、ほんの少し哀しみが混じっているように聞こえたのは、きっとリルの気のせいだったのだろう。何しろそれは事実であって、哀しむ理由なんて一つもないのだから。

「うん、あっ、はあ、リルは王子様のもの。んふっ、あっ、またイッちゃう、あっ、あっ」

「まだ待って。僕もイクから」

「早く……我慢出来ない。ふはぁっ、ああっ」

サミュエルの腰の動きが速くなり、突かれる度にリルの細い体は軽く浮き上がり、戻ってきた反動でさらに奥まで強く突かれた。サミュエルのものは血脈がどくどくと波打ち、今にも弾けそうになっているのがわかる。

「イっちゃ、イっちゃう。王子様、リル、もうダメぇ……！」

「はあ、はあ、う……イク……あ……くっ……！」

ふわっと、中にあたたかいものが注ぎ込まれ、その感覚で再びリルは絶頂を迎えた。中に出されるのは好きだ。外に出されてしまうと、サミュエルが果てると同時にぬくもりを手放してしまうことになるからだ。中ならば、最後の時までサミュエルと繋がっていられる。

充足感に包まれながら、リルは自分からサミュエルの唇を貪って舌を絡めた。

「んっ、好き、王子様、好き」

口づけに応えながらも、サミュエルの瞳がまた少しだけ哀しい影を落としたことに、リルはまったく気がついていなかった。


——一日のうち、サミュエルとリルが別々に過ごす時間が何度かある。

一つは、朝の礼拝の時間だ。サミュエルが庭にある小さな教会の中で祈りを捧げる三十分間、リルは一人で部屋で待っていなければならない。サミュエルは特別信仰心が篤いわけではなかったが、これは小さな頃からの習慣だ。

それからもう一つは勉強の時間。これももちろん、サミュエルの勉強時間だ。一通りの一般教育からマナー、剣術、ダンスレッスン、楽器と、いかにも王族らしいカリキュラムが組まれている。

今日は昼過ぎから外国語の授業があり、リルは図書室においてけぼりになっていた。

「リル様、こちらに絵本とおやつを置いておきます」

事務的な口調で言い、頭を下げると、メイドはポケットの上から何かを探るような仕草を見せた。恐らく、鍵があるかどうか無意識に確認しているのだろう。

リルが来てから、この図書室は外から鍵をかけると中からも鍵がないと開かない仕組みに作り替えられたようだ。

「他に何かご入り用のものはございますか？」

儀礼的に問われ、リルも一応悩むポーズを取った後、首を横に振った。

「ない」

「そうでございますか」

感情なんて一切見せない目の細いこのメイドを、リルは結構気に入っていた。リルがこの城で暮らし始めた頃からリルの世話係をしていることを考えると、それなりの年齢のはず。その証拠に、高い位置でまとめられた黒髪には、所々白いものが混じっていた。

ツンとすましていて余計なことは一切喋らないところが、リルには丁度いい。どうせリルは、話しかけられてもろくに返事なんて出来やしないのだから。

「では、失礼致します」

外から鍵がかけられる音がして、リルは本当に一人ぼっちになった。

猫は好奇心の強い動物だ。だからなのか、リルも例に漏れず好奇心が強かった。本当にここから逃げたいわけではなかったが、もしも扉が開いていたら楽しいと思った。

誰が傍にいるわけでもないのに、足音を立てないように爪先立って扉に近づき、ドアノブを回す。扉は固く閉ざされていて、びくともしない。

結果はわかっていたことだったので、大して落胆することもなく、リルはソファーに戻った。そして指を丸めて肘掛けに手をつき、猫のように伸びをする。

大きく開かれた窓から入ってきた風は、ウサギの匂いがする。だけどこれを追いかけて身を乗り出したら危険だ。何しろこの図書室は、四階建ての城の最上階にあるのだから。

丁度、リルの部屋とサミュエルの部屋を二つ合わせたぐらいの大きさの図書室には、国内外の、厳選された本が集められている。特にリルのために取り寄せられた絵本の品揃えは、王立図書館よりも豊富だった。

「ふあ……」

大きな欠伸《あくび》を一つしてから、白いお皿にのせられた木苺《きいちご》のジャムが挟まったビスケットを食べる。蜂蜜《はちみつ》の落とされたホットミルクを飲み、絵本を一冊取って寝転がると、ページをぱらぱらと捲った。

サミュエルが授業を受けている時間だけ、リルは図書室に入ることが出来る。読書はリルにとって少ない娯楽の一つだった。

リルは絵本が好きだ。まだ見たことのない青い海の水平線や、知らない国に住む動物たち。空想の世界にだけ存在する、偉大な魔法使いや大きなかぼちゃは、リルの好奇心を満たしてくれた。

ビスケットの欠片をミルクで流し込み、持っていた本をテーブルに置く。それからゆっくり立ち上がると、窓から軽く身を乗り出し、頬に風を当てた。

目の前に広がるのは、薄い雲のたなびく空。リルには決して届かない、遠い青。

空を飛ぶことに憧れる少年の絵本を読んだことがあるが、リルにはその内容がよく理解出来なかった。最初から出来ないとわかっているものに憧れる理由がそもそもわからなかったからだ。

空は、リルには決して手の届かないもの。

それで、構わなかった。

「あれ……？」

窓を閉めようとした時、何かが下を通り過ぎて行くのが一瞬だけ見えたような気がした。薄い水色の何かは鳥のようにも見えたが、それにしては大きかったように思える。身を乗り出して茂みの向こうまで見てみたが、もうその姿はない。

考えてみてもあんな大きな水色の鳥など知らなかったし、鳥じゃないのなら、他の何なのかも思いつかない。リルはすぐに考えるのをやめて窓を閉じた。

今度は一番近くの本棚から分厚い本を取り出し、ページをぱらぱらと捲った。そして挿《さし》絵《え》がたくさんある本だということを確認すると、それを抱えてソファーに座り直し、ぬるくなり始めたミルクを飲んだ。

しばらくそんなことをして過ごしていると、鍵が開けられる音がしてリルは扉を見た。瞬きもせず、耳を澄ましてドアノブを回す手の主を探る。この時間、ここに入ってこられるのはサミュエルかメイドしかいないとわかっていても、余計な想像をして緊張に体が震える。

もしも、入って来るのが知らない男の人だったら。

そう思うだけで、リルの背中に汗が伝った。

「いい子にしてたかい、リル」

いつもと同じ柔らかく響く声が、張りつめた緊張を解き放つ。リルはほっと胸を撫で下ろし、膝に置いていた本を投げ出して扉に駆け寄った。

「王子様！」

まだ扉を開き切らないうちにリルに飛びつかれ後ろによろめきそうになったサミュエルは、なんとか片足で自分の体を支えて堪えた。そんなこともおかまいなしに、リルは離れていた時間の淋しさを、頭をすり寄せることで伝えた。

サミュエルはリルの頭を軽く撫でた後、視線を床に落とした。そしてそのまま落ちている本を拾い上げると、リルにページを広げてみせた。心なしか、表情が強張《こわば》って見える。

「今日は随分と難しい本を読んでいたんだね」

分厚いそれは、この国の文化や慣わし、伝記や歴史等を紹介する、いわゆる国史の本だった。子ども向けの図鑑とは違い、古い言葉や専門用語が並んでいるため、教育を受けていないリルが読めるはずがない。

「あのね、絵を見ていたの」

リルが捲ったページには、女性のドレスデザインの変遷を絵で説明したものが載っていた。次のページには郷土料理が、その次のページには伝統工芸であるガラス作りの様子が描かれている。

「絵を見るの、好き。絵本だけじゃなくて、他にも絵が載ってる本、たくさんある」

目を輝かせて挿絵のあるページを次々と捲っていくリルを見て、サミュエルがふっと表情を和らげる。

「じゃあ、今度図鑑を取り寄せよう」

「ずかん？」

「絵がいっぱい載っている本だ」

琥珀の瞳が水を湛えたかのように輝きを増すと、サミュエルの唇にも笑みが零れた。自然とお互い手を伸ばし、抱きしめ合おうとしたその時、扉の向こうから声が聞こえた。

「サミュエル様、今よろしいでしょうか」

サミュエルはリルを軽く突き飛ばすように体を放すと、扉に向き直った。

「なんだい」

一拍置いて、先ほどと同じメイドが入ってきた。

「旅芸人の一座が来ております。是非とも、サミュエル様に芸をお見せしたいと」

「旅芸人？」

サミュエルの顔が不快そうに歪んだ。旅芸人という職業の者たちに、いい印象を抱いていないのだろう。

メイドは仮面が張り付いているかのように、表情一つ動かさずに頷いた。

「ご覧になりますか？」

「男の人、いる？」

聞いたのはリルの方だ。サミュエルの背中に隠れて顔だけ出し、怯えた様子でメイドを見ている。メイドは無表情のまま、再び軽く頷いた。

「ええ、男性が三人に、女性が——一人」

最後の方でなぜか口ごもった後、また何もなかったかのような静かな瞳をサミュエルに向けた。

「お会いになりますか？」

「リル、イヤ。男の人、嫌い！」

すでに泣き出しそうな声でサミュエルの背中に抱きつくリルを一瞥《いちべつ》し、メイドはサミュエルを見据える。サミュエルは手を伸ばしてリルの背中をぽんぽんと叩くと、メイドに首を横に振ってみせた。

「追い返してくれ」

「そう仰ると思いましたので、すでにお引き取り願いました。ただ、近くの山小屋に一週間ほど滞在するそうで、気が変わりましたらいつでもお声掛け下さいとのことです」

早口でそれだけを捲し立てると、メイドは相変わらず無愛想に鼻をツンと上に向けて、図書室を出て行った。

「大丈夫かい？」

真っ青な顔で震えるリルを、サミュエルはそっとソファーに座らせた。そしてまだ少し残っていたミルクのカップを持たせ、肩を抱き寄せる。

「怖い。男の人、来る？　リルのところ、来る？」

「大丈夫、そんなことは絶対にさせない。安心していい」

言い聞かせるようにそう言われ、リルは幾分か落ち着いた。カップを両手で包み込むように持つと、底に残っていたミルクを飲み干す。

城に来た当時から、リルはサミュエル以外の男性を怖がった。医者に診せるのも一苦労だったし、サミュエルの護衛についていた近衛兵に対しても泣いて嫌がるものだから、自然とサミュエルの周りの使用人は女性ばかりになってしまった。

サミュエルに拾われるまでの間に、男性に恐怖心を抱くきっかけになった何かがあったのだと思われるが、リルが記憶をなくしてしまった今、それを知る術はない。

「ちょっと、眠っても、いい?」

何かに対して強く恐れを感じた後、リルは大抵眠くなる。自分に襲い来る黒いものを心の奥底に閉じ込めるための儀式のように、深く眠る。

「おやすみ……なさい」

言い終わらないうちに、リルはサミュエルの膝に頭をのせると瞼《まぶた》を伏せた。

穂先《ほさき》のように長い睫毛がリルの顔に影を作る。それがまるで泣いているように見え、不安にさせるのをリルは知らない。

頬に触れようとして躊躇いがちに伸びた手が、結局何にも触れることなく下ろされた。

窓の外に広がる空。

リルにも、サミュエルにも、届かない青。

初めて口づけを交わした時のことを、サミュエルは今でもよく憶えている。

リルが城にやってきた日を誕生日と決め、六回目のお祝いをした時のことだ。

リルは、サミュエルの選んだ、背中が大きく開いた深紅のドレスを着ていた。選んだ理由はよくわからない。腰のドレープの細かさが素晴らしかったとか、胸のリボンの光沢が綺麗だったとか、そんな単純な理由だったはずだ。

ドレスに身を包んだリルを見た時、自分の無意識の選択がいかに正しかったのかを知った。

華奢で童顔で、いつもは雨に濡れた子猫にしか見えないリルが、生意気にも凛《りん》と背筋を伸ばして顎を上げ、大人の顔を見せていた。珍しく髪をアップにして顕わになったうなじからは色香さえ漂い、サミュエルはリルの手を取る自分の手が、緊張に震えているのを感じていた。

お祝いとは言っても、たった二人きりの食事会だ。いつもより少し豪華で、最後にはろうそくののったケーキが出てくるだけだ。

プレゼントも特別なものではなく、絵本だったりぬいぐるみだったり、新しい首輪だったり、普段買い与えているものに綺麗なリボンをかけて、いかにも特別なプレゼントのように演出してあげているだけだった。

別に誕生日を軽んじていたわけではなく、『猫であるリル』が、それ以外に喜ぶものを思いつかなかったからだった。

その日も、プレゼントはウサギの毛を使って作った肌触りのいい昼寝用の枕だったのだが、サミュエルは激しく後悔していた。こんなに素敵なリルに、このプレゼントはあまりにも子どもっぽいではないか。

渡すタイミングを失い、無口になっていると、そんなことに気がつかないリルが窓辺に立って夜空を見上げた。その背中を衝動的に抱きしめると、強引に唇を奪っていた。

これまでも、じゃれ合った拍子に唇同士が触れることはあったが、それと意識しなければ、キスとは呼べない。サミュエルはリルに、ちゃんと『口づけをして』いた。

抵抗されることもなく、リルはすんなりと体を預けてきた。リルの中でも、こうなる予感があったのかもしれない。

それから二人の間で、キスをすることは日常になった。キスをするということの意味をあまり深く考えないまま、それが当たり前になっていった。

体を重ねるようになった今でも、キスをすることの意味はまだわからないでいる。

3.

――一体、何をしに？

この十年間、サミュエルの城に一切近づこうとしなかった三番目の兄が突然訪れてきたのは、リルに図鑑を買ってあげると約束をした次の日のことだった。もうろくに顔も覚えていなかったが、一目見た瞬間、実の兄だということはすぐに実感した。

目や鼻、口の形はどれもサミュエルとよく似ていて、血の繋がりがあることは疑いようもない。ただ兄は、微妙な配置の違いと隆起した武骨な頬のせいで、サミュエルよりもかなり男臭く見える。

「お久しぶりです、兄上」

警戒心を隠しきれない笑顔で手を出すと、兄はそれを一瞥しただけで、どっかりと椅子に腰掛けワインを飲み干した。

催促されるまま夕食を一緒にとることになったが、食前酒の段階ですでに胃もたれがしていて、楽しい時間になりそうもない。いつもだったらリルと二人、サミュエルの注文で作らせた家庭的な料理を取り分けて食べている頃だというのに。

「悪くはないワインだ」

給仕《きゅうじ》を待たずに手酌《てじゃく》でワインを注《つ》ぎ足し、今更品質を確認するようにテーブルの上でグラスを回している。悪くないもなにも、この城で一番いいワインを出せと言ったのは兄自身なのだ。呆れて言葉が出てこない。

こんな下品な男と血が繋がっていて、少しでも顔が似ているというだけで虫唾《むしず》が走る。

「料理にも期待するとしよう。俺は腹が減っているんだ」

この兄とは、年は五つしか違わないはずだが、尊大な態度のせいでもっと年上に見える。来るべき敗戦の日に備え、他国の要人たちとの人脈づくりのためにパーティーや観劇に積極的に顔を出しているとのことだったが、そのせいなのか、えんじ色のカラーシャツや金とダイヤで出来たカフス、高めのクラウンのシルクハット等、王族にしてはいささか派手で品のない服装で、まるでオペラ歌手の私服のように見えた。

「おまえはいいな、母上に甘やかされていて。普通、おまえの年でこんな城を持たせてはもらえないぞ。それに俺が昔来た時より、ずっと綺麗になっている」

背もたれに深く寄りかかり、部屋を舐めるように見回しながら、兄が皮肉っぽく唇を歪める。

食堂にあるのはどれも、本城にある調度品より品質が落ちるものだ。リルの部屋がある塔だけは後から建てたものなので綺麗だが、それ以外は古城という名にふさわしく、全体的に古ぼけている。

それにサミュエルは、この城に『隔離《かくり》』されているようなものなのだ。決して、譲り受けて主として君臨しているわけではない。

だが兄の目には、弟の暮らしが贅沢で優雅なものに映ったようで、顔には嫉妬の表情が浮かんでいた。

「それで、こんな辺境の地にまでわざわざ足をお運び下さったのは、一体どんなご用件で？」

歓迎していないことを示すように、わざとつっけんどんに言う。兄はサミュエルの機嫌などおかまいなしに、顎の下で手を組み、テーブルの上に肘をつくとニヤリと笑った。

「いよいよ、この国は敗戦しそうだ」

何がそんなにおかしいのか、兄は喉を震わせている。サミュエルはそれに対する答えを何も持ち合わせておらず、無言でワインを呷《あお》った。

しばしの沈黙が部屋を支配する。サミュエルは空になった手元のワイングラスに映る、逆さまの兄の顔をじっと見た。歪む画像の中、サミュエルと同じブルーグレーの瞳だけが、やけに鋭く光って見える。

本当に、何のために今更ここに来たというのだ。油断ならない。

警戒心は、一層強まるばかりだ。

「この国が負けたら俺たち王族はきっと全員処刑されるぞ」

飛び切りの秘密を話すかのように鼻をひくひくさせ、兄が身を乗り出す。

処刑――。

確かに、そうなる可能性も高いのだろうが、サミュエルにはいまいち実感がない。本城の様子がまったくわからないのもあるし、この十年で、サミュエルの生活が大きく変わる局面もなかったからだ。

国王や兄王子たち、実際国を動かしている以外の王族たちも、皆似たようなものなのではないだろうか。どこぞの国の王家など、敗戦が決まったその日の朝まで、いつもと変わらぬ贅沢な朝食をとっていたという話も聞く。

「俺は投獄される前に亡命する。どうだ、おまえも一緒に来ないか？」

「僕が?」

思いもよらない誘いに、サミュエルははっとして顔を上げた。相変わらず兄の口元はニヤついていたが、冗談を言っているようには見えない。

「どうして、僕が?」

非難ではなく、あくまで疑問の意味で問う。折角独自に築き上げた人脈の中に、弟を簡単に招き入れてくれるほど、広量《こうりょう》な性質には見えない。

兄は、先ほど部屋の内装を見る時にしたのと同じように、今度はサミュエルを、その頭からテーブルに隠れて見えないはずのつま先まで卑《いや》しい目つきで見た。

「おまえの今の姿を見てみたいという御仁《ごじん》は山ほどいる。あの美少年が今、どうなっているかとな。そして幸い、おまえは期待を裏切るような成長はしていないようだ」

瞬時に、何を言われているのかを理解した。この十年、世間にまったく姿をさらしていないサミュエルが、今どのような姿になっているのかと、何かの席で話題になったのだろう。そこで兄は、自分の立場をより強めるために、サミュエルを連れ出して見世物にすることを考えたのだ。あわよくば、サミュエルを気に入ったどこぞの貴婦人が、これからの生活の保障をしてくれるのではないかと。もしかしたら兄は亡命先での生活をまだ確約されていないのかもしれない。

「おまえだって、処刑などされたくないだろう？」

ギラつく眼光を放つ兄から目をそらし、窓の外に視線を移す。だけどサミュエルの目は空を見てはいない。脳裏に映し出される、近い将来訪れるかもしれない光景を見ている。

もしも、自分が処刑されるようなことがあったら――。

サミュエルは再び兄の顔を見ると、そっけなく答えた。

「それもまた、運命なのではないでしょうか」

どうやら、あまりにもすました態度が兄の癇《かん》に障ったようだ。兄は黙っていればそれなりに美しい顔を赤くし、眉間に醜い皺を寄せて怒りを顕わにした。

「そうか、もうおまえは誘わない。後で悔やんで泣きついてきても知らないからな！」

椅子が後ろに倒れるほど乱暴に立ち上がり、膝に置いていたナプキンをテーブルの上に投げ捨てる。思ったよりも早く解放されそうなことにほっと胸を撫で下ろしたサミュエルに、兄はいやらしい目つきで言った。

「そういえばおまえ、珍しい猫を飼っているらしいな」

さっと、サミュエルの顔が青ざめるのを見て、兄が目を細める。

「なんでも、稀《まれ》に見る美しい猫らしいじゃないか。どれ、俺にも見せてくれないか」

その言い方は、『サミュエルの猫がどんな猫であるか』、知っているようだった。サミュエルはいつになく狼狽し扉の前に立つと、食堂を出ようとしていた兄の行く手を阻《はば》んだ。

「わざわざ兄上にお見せするほどのものでもありません。どこにでもいる、平凡な猫です」

テーブルを挟んでいる時には気にもしなかったが、華奢なサミュエルと比べると、兄はまるで兵士のように逞しく見える。手足の太さも身長も、その差は歴然だ。

もしも腕を捻《ひね》り上げられでもしたら、ここは簡単に突破されてしまう。得てして、そんな嫌な想像は実現してしまうものだ。

「くっ……！」

襟《えり》を掴まれあっさり床に放り出される。慌てて立ち上がり服の袖を掴んだが、それもいとも簡単に振り払われてしまった。

「兄上、お待ち下さい！」

サミュエルの制止を振り切り、兄は大きな歩幅でずんずんと廊下を歩いて行く。昔来たことで城の構造は把握しているのか、足は迷うことなくサミュエルの部屋に向かう。

「兄上、お願いですからやめて下さい！」

必死になればなるほど、守ろうとしているものが大事なものだと伝えることになる。けれどサミュエルはすっかり冷静さを失い、最後は体当たりまでして兄を止めようとしたが、虚しくも跳ね返されてしまう。

兄はサミュエルの部屋の扉の前に立つと、一瞬だけ弟を見やり、目を眇《すが》めるとノブに手をかけた。そして鍵がかかっていることに舌打ちし、扉に体当たりし始める。

「兄上、待って！　やめろ！　やめるんだ!!」

悲鳴にも似た声が廊下に響いたが、扉は無残にも開かれてしまった。


その頃リルは、自分の部屋で一人淋しくディナーの時間を過ごしていた。鹿《しか》肉のワイン煮込みはいつもだったら大好きなはずなのに、一人で食べると味がよくわからない。

リルはサミュエルがいないのをいいことに、テーブルの上でお行儀悪く頬杖《ほおづえ》をつくと、フォークの先で肉をつついた。手首が揺れるのと同時に、首の鈴がチリンと音を立てる。

兄が来たと言って思い切り嫌な顔で部屋を出て行ったサミュエル。そんなに嫌だったら行かなければいいと、駄々をこねてみたりもしたが、そういうわけにもいかないらしい。

今日は、二つの部屋を繋ぐ扉にも鍵をかけられてしまった。部屋を隔てる一枚の扉が、余計に淋しさを煽る。

一人になるのは怖い。特に、夜は嫌いだ。何本もの太い腕が自分の脚を掴み、深い暗闇の底へと引きずり込んでしまいそうな気がする。

特にこの部屋から見る夜の空は怖い。窓枠に縦に渡された鉄格子が、黒い影となってリルに襲いかかってくるように見えるからだ。

そんなことを想像したら、本当に足首に何かが触れたような気がして、慌てて立ち上がった。テーブルの下を覗き込んでみる。

もちろん、誰もいない。

軽くため息をついてフォークを置くと、リルは窓際に置かれたスツールの上に膝立ちになり、鉄格子の間からガラスを押して窓を開けた。夜風が木の葉を編み込みながら、首筋を通り抜けていく。夜空に散りばめられた星々が放った光の粒は、濃紺の上に放射線状に散らばっていく。

鉄格子越しに見る夜だってこんなにも美しい。大丈夫、夜は怖くない。

そう言い聞かせて頷き、風の通り道を追いかけて視線を部屋の中に戻した時、扉を乱暴に叩く音と大きな声が響いた。

「この部屋にいるんだろう?」

サミュエルのものでないことはすぐにわかった。サミュエルの声はもっと淡雪《あわゆき》のように優しく、細く、柔らかい。だけど外から聞こえたのは、太くて低い、典型的な男性のそれだ。

リルは、喉の奥に鉛《なまり》の塊《かたまり》を詰められたように息が出来なくなった。耳のすぐ横に心臓があるのではないかと錯覚するほど鼓動は速くなり、脂汗《あぶらあせ》が手の平にじっと滲む。

逃げなければ。

逃げなければ捕まってしまう。

たくさんの太い腕に足を摑まれ、暗闇へと引きずり込まれてしまう。

逃げなければ。

だけど体は動き方を忘れてしまったのか、扉を凝視したまま固まっている。

「やはりここか」

扉に何かが勢いよくぶつかる。一回、二回、三回。

四回目にして何かが軋《きし》む嫌な音がして鍵が壊れ、扉が大きく開かれた。

「やめろ!!」

開いた扉の隙間から入り込んできたサミュエルが、茫然《ぼうぜん》として立ちすくむリルを守るように覆い被さる。

「邪魔だ！」

頭を摑まれリルから引きはがされたサミュエルが、壁にぶつかり膝からがくりと倒れ落ちる。すぐに駆け寄りたいのに、やはり体が動かなくて、リルは目を見開いたまま目の前の大きな影を見つめた。

「これは……美しい」

サミュエルと同じブルーグレーの瞳のはずなのに、色はくすんで卑しく光り、血走っている。

太い手が伸びて来る。

リルを摑まえようとして。

暗闇へ引きずり込もうとして。

あの時もそうだった。たくさんの手がリルの手を、腕を、足を摑んだ。逃げなければ、酷《ひど》いことをされた後に殺される。幼いながらもそんなことはわかっていた。

「い、い……いやあああっ!!」

サミュエルの前では出したこともない悲鳴を上げると、リルはサミュエルの兄を突き飛ばして部屋を飛び出した。

とにかく逃げなければ。遠くへ、もっと遠くへ。

遠くへ、もっと遠くへ逃げなければ。あの日と同じように。

走って、走って、走って。

気がつくと、リルは知らない場所に立っていた。しかしここがまだ城の敷地内であることは、目の前に城の建物があることでわかった。

走りつかれて震える膝を抱え込むようにしてその場にしゃがみ込む。震えているのは思い切り走ったせいだけではない。サミュエル以外の男性に触れられそうになった恐怖がまだ残っているせいだ。

「ご気分が悪いのですか」

ふいに落ちてきた言葉に、リルはお尻を地面につけたまま後ずさりをした。顔を上げ、まず目に入ったのは淡い月の光と、インクを流し込んだような厚い藍色の空。いつもなら、手が届かない青がある場所。

だけど今日は違った。すぐ手に届きそうな場所に透明な青がある。いや、透明な青というのはおかしい。だがそう表現する以外、思いつかない。

「大丈夫ですか？」

差し伸べられた白い手。金髪ほど金ではなく、赤毛ほど赤ではない、不思議な風合いの髪が肩の下で波を打つ。髪色を引き立てるように被られたモスグリーンの帽子には、大きな白い羽がついている。切れ長で涼しげな目元から覗く、新緑色の瞳。紅をさしたように赤い唇が緩やかな弧を描く。華奢な体を包んでいるのは青と白の薄い布を重ねて作ったブラウスで、細身のパンツにエナメルのブーツを合わせている。その姿はまるで透明な青だ。

「あなた、誰なの？」

純粋に知りたかった。この人が一体誰なのか。

——誰なのか。

リルは初めて、サミュエル以外の『人間』を認識していた。

「あなたが誰なのかを先に知りたいですね」

新緑色の瞳が半月を描き、美しい顔が柔和に少し崩れる。

『人に名前を問う時は、まず自分が名乗る』という、遠い昔どこかで聞いた言葉を思い出し、リルは恥ずかしくなって軽く口元に手を添え俯《うつむ》いた。

「私は……」

「リル、どこだい？　リル！」

名前を告げようとした時、建物の向こうからサミュエルの声が聞こえてきた。リルは立ち上がってすぐさま駆け出す。

「王子様！」

走ってきたサミュエルの姿を見るなり、飛びついて頬をすり寄せた。

「怖かった……！」

「ごめん、リル。兄上にはもう帰ってもらった。この城には二度と入らせないから」

ゆっくりと頭を撫でる手に安心すると、リルははっとして振り返った。もう、手に届きそうな青はそこにはない。頭上に、届かない青が広がっているだけ。

「いなくなっちゃった」

「何がだい？」

問われ、それに対する答えを持ち合わせていないことに気がつく。あの人が誰なのか、何なのか、結局何もわからないままだ。

「青い空が、いたの」

「空？」

案の定、サミュエルは不思議そうに空を見上げた。

「えっと、女の人なんだけど、空みたいだったの。青くて、白くて、綺麗だったの」

決して的外《まとはず》れなことを言っているわけではなかったが、リルの言葉が支離滅裂《しりめつれつ》なのはよくあることだったので、サミュエルは薄く笑うとリルの手を取った。

「もう、逃げ出したりしたらダメだよ？　君は僕の傍を離れてはいけないんだ」

何度言い聞かされたかわからない言葉を、再び胸に刻み込むようにして小さく頷くと、リルは強く手を握り返した。

城内に戻る途中、歩きながら少し振り返ってみる。

手が届く青はない。
蒼い夜の風が、吹いている。

4.

城に来たばかりの頃、リルはサミュエル以外の者とは一切口をきかなかった。それは今と変わらないように思えるが、少し状況が違う。

メイドたちが入れ替わり立ち代わり、世話をしながら懸命に話しかけたのだが、リルはそれに対して一切反応を示さなかったのだ。お風呂に入れられていても、髪を梳《と》かれていても、服を着替えさせられていても、リルにしか見えていないであろう、宙に浮かぶ何かを瞬きもせずに見つめるだけだった。医者が行《おこな》った知能テストでは、年齢に応じた知能をちゃんと持っているし、ある程度の文章の読み書きも出来るということだったので、言葉が通じていないわけではない。現に、サミュエルが話しかければ、僅かに頷《うなず》いたり、時々微笑んだりするのだ。

どうやらリルは、たとえ女性であってもサミュエル以外の人物に心を開く気がないのだろうという結論に至った。サミュエルの自惚れなどではなく、最初からリルは、サミュエルさえいれば幸せそうに見えた。

——リルは僕の猫なんだから、僕さえいれば幸せなんだ。

そう思うとますますリルへの愛しさは募り、同時に独占欲も膨らんでいった。メイドがリルのご機嫌を取るために話しかけることすら嫉妬の対象となり、結局サミュエルはリルの傍に、一番口数の少ない、大人しいメイドを置いた。それが、今のリルの世話係だ。

リルが人嫌いなのをいいことに、サミュエルはリルに外の情報を一切与えず、まともな教育も受けさせなかった。猫ならばそれが当然だと思っていたし、動物だって知恵がつけば、城からの脱出方法を考えようとするだろう。それは防がなければならない。

リルは、自分がいないと生きていけないのだ。リルだけが、自分を必要としてくれているのだ。

その思いが、サミュエルの生きていく糧《かて》となっていた。

記憶をなくしているリルは、城の生活にすぐに慣れた。慣れ、というのは語弊があるかもしれない。それを当然として受け入れたと言った方が正しい。

一年経つ頃にはリル個人の部屋が整えられていたが、その時はまだ、窓に鉄格子ははめ込まれていなかった。

リルには、サミュエルから幾つかのルールが与えられた。サミュエルの言うことには逆らってはならない。部屋の外に出る時は鎖をつける。リルの方からサミュエル以外の人間に話しかけてはならない。普通なら理不尽であるこんなルールに、リルが疑問を抱いている様子はなかった。

リルは猫なのだから疑問を持たないことが当然だと思っていても、サミュエルの心には常に、得体の知れない不安が巣くっていた。

ある夜のことだった。その日はやけに風が強く、すぐ傍に嵐が迫っている気配がしていた。

サミュエルはリルをベッドに招き入れ、一緒に眠っていた。自分が留守にしている時や病気の時は、リルの部屋で一人で寝かせているが、それ以外は大抵こうやってサミュエルの部屋のベッドで一緒に寝ていた。

「風、怖い。雨、たくさん降る？」

今にも泣きそうに眉を顰め、リルが窓の外を見る。サミュエルはリルの視線を窓からそらすために抱き寄せると、自分の方を向かせた。

「嵐が来ても大丈夫だよ。この部屋にいる限り、怖いことなんてない」

「本当に？　怖くない？」

琥珀色の瞳が潤み、いつもは自然と上がっている口角《こうかく》が、不安そうに下がっているのが可愛くて、サミュエルは優しく微笑んだ。

「怖くないよ。嵐なんて、ちっとも怖くない」

「嵐、怖くない？　平気？」

「ああ。だからもう眠るといい。起きる頃には、嵐は過ぎ去っているはずだよ」

「うん……」

幾分か安心したのか、リルが瞼を伏せる。しばらくすると規則正しい安らかな寝息が聞こえてきて、サミュエルもほっとし目を瞑った。時々、隣でもぞもぞと動く小さなぬくもりが愛しくて仕方なかった。

一時間ほど経った頃だろうか。

雷鳴に目を覚ますと、ベッドの隣はもぬけの殻《から》と化していた。いつの間にか外は嵐となっていて、荒れ狂う風が窓を強く叩きつけていた。

「リル？」

呼んでも返事はない。

「リル？」

再び呼んでも、何も返ってこない。

起き上がり、部屋を見回す。雷が光り、細いシルエットを青く浮かび上がらせる。琥珀の瞳は見開かれたまま、窓ガラスを流れる白い雨の糸を凝視している。

「どうしたんだい」

駆け寄り、薄着のリルの肩にショールを掛《か》ける。

「帰らないと」

「え……？」

「お父様、心配、してる。帰らないと、きっと、泣いてる」

ショールも、サミュエルの手も振り払い、リルはフラフラと扉に近づく。腕を引くと、何の抵抗もなく、倒れ込むようにサミュエルの胸にもたれた。

「帰らないと。お城に、帰らないと」

「リル、何を言っているんだい？　君のお城はここじゃないか」

抱きしめて揺さぶっても、リルの瞳はぼんやりと宙を見つめたままだ。

「帰らないと。お父様心配してる」

再びふらふらとおぼつかない足取りで扉に向かうリルを、後ろから羽交い締めにするようにサミュエルが強く抱きしめる。

「やめろ！　外に君が帰る場所なんてないだろう!?　それに、こんな嵐の中どうするというんだ！」

首だけ別の生き物になったかのように、リルがゆっくりと振り返る。瞬きもせずサミュエルを見る瞳が、自分を責めているように感じて鳥肌が立つ。

「嵐、怖くないって言ったの、王子様。リル、嵐怖くない！　だから、帰る！」

興奮して声を荒らげたリルを見て、サミュエルは衝動のままリルの細い腕を掴み捻り上げた。子どもとはいえサミュエルは男でリルは女だ。痛がって顔をしかめたリルの喉から、ひゅっと嫌な音が漏れた。

「ダメだ、君の帰る場所は外にはない！　それに嵐が怖くないのは僕の傍にいるからなのに、離れてどうするんだ！　君なんて、外に出たらすぐに死んでしまうんだから！」

サミュエル自身、何を言っているのかわからなかったが、死という言葉の意味は理解しているのか、雷の光しかない部屋の中でもわかるほどにリルの顔がさっと青ざめた。

「リル、死んじゃうの？」

真っ向から聞かれ、サミュエルは思わず視線を外した。代わりに床に映るリルの細い影を見る。

「そうだよ。君は僕の傍を離れたら死ぬんだ。怖い男の人がやってきて、君を縛って監禁して、酷いことをたくさんしてから殺すんだ！」

「怖い男の人……」

呟いて震える唇をきつく噛み、リルは何かを追い出すように頭を抱えた。視線は泳ぎ、表情は虚ろで、今にも気を失ってしまいそうだ。

「それでも……それでも、それでもリルは帰るの！　お父様のところに！　帰る、帰る、帰りたい!!」

「リルっ!!」

ほとんど体当たりに近い形でしがみつき、暴れるリルをベッドの上に捻じ伏せる。嵐が部屋の中の音を全てかき消し、使用人たちに気がつかれていないのだけは幸いだった。

「いやあっ！　帰る、帰るの!!」

泣いてぐずって体を左右に揺さぶる様子は、従順なサミュエルの猫ではなく、五歳のただの少女だった。焦燥感《しょうそう》がサミュエルを追い詰める。

これではリルは猫とは言えない。猫でなければ、いつかは自分の意思でサミュエルのもとから離れて行ってしまうかもしれない。

リルは猫でなければ。いや、元々猫なのだから、泣いて家に帰りたいなど、言ってはならないのだ。

両手で肩を押さえつけ、泣き叫ぶリルよりも大きな声で怒号を飛ばす。

「リル！　黙れ、黙るんだ！」

だけどリルは黙らない。家に帰りたいと喚き続けている。

「リル、お願いだから黙ってくれ！」

黙らせる方法がわからなかったサミュエルは、片手でリルの口を塞いだ。すぐに暴れて手が離れ、再びリルの泣き叫ぶ声が響く。

「お願いだから黙って！　家に帰りたいなんて、言わないで！」

どうしようも出来なくて、すがるように体を重ねる。

「リル、黙って、お願い。君は猫なんだ、そんなふうに泣いてごねたらダメなんだ。僕の傍にいたいと言って、甘く鳴かないとダメなんだ！」

いつの間にか、サミュエルの頬にあたたかいものが伝わっていた。最後に涙を流したのはいつだったか。確か、猫のリルが姉たちによって森に置き去りにされたと聞かされた時以来だ。

サミュエルの涙に驚いたのか、リルは喚くのをやめ、しゃくりあげながら大きな目でサミュエルを見上げている。サミュエルは、その瞳に映る自分の顔を見ていた。

ぎこちなく、サミュエルの唇が開かれ、細い声で言葉が紡がれる。

「一緒に、いてよ……」

瞳の中のサミュエルの顔が歪み、リルの目から大粒の涙が一粒零れた。

「……うん」

それからサミュエルは声を上げて泣いた。涙を拭うこともなく、リル以上に大きな声で。涙はリルの頬に零れ、それに誘われるかのように再びリルも泣き出した。

哀しみの量など量れるものではないが、もしも目に見えたなら、この時の二人の哀しみは、どちらが大きかっただろう。それは実際にはわからないことだったが、小さな手を背中に回し合い、泣きじゃくる二人はお互いにこう思っていた。

『この人は、自分よりももっと哀しいのだろう』と。

散々泣いて、いつの間にか眠り、起きた時にはもう嵐は過ぎ去り、空には青が覗いていた。腕の中で目を覚ましたリルは、昨夜のことなど何も覚えていないかのような顔で微笑んだ。その笑顔はあまりにも儚く、朝の白い光の中に消えてしまいそうだった。

「リル、君はね、僕の傍にいないとダメなんだよ」

頬を撫でながら、リルに、そして自分自身に言い聞かせるように、ひとつひとつ言葉を区切って囁く。

「僕の傍を離れたら、君は死んでしまう。この城から出たら、悪い男が君をさらって殺してしまうんだ。だから、絶対に僕の傍を離れてはダメだ。わかるね？」

少し頭の回る子どもなら、決して騙されない簡単な嘘。だけどリルはそれに対し、真剣な顔で頷いた。

「わかった。リル、王子様の傍を、離れない」

それから、数日後のことだった。リルの部屋とサミュエルの部屋の窓に、鉄格子がはめられるようになったのは——。


晴れた日の、朝の太陽の光がリルは好きだった。窓から差し込む白が部屋の輪郭をぼかし、世界が淡いパステル色になる。

曇りの日でも構わない。世界はモノクロになり、ほんの少し物憂げな様子でリルを慈しんでくれる。

雨の日は雨の日で魅力的だ。雨の糸が描く旋律《せんりつ》が、心地よい気怠《けだる》さをプレゼントしてくれる。

朝は素敵だ。夜に感じる淋しさや、不安な気持ちは一切ない。

サミュエルの兄が城を訪れた日の翌朝、リルはいつもより早く目を覚ますと、隣で眠るサミュエルの寝顔を見た。いつものようにベッドの中で丸まり、淋しそうな表情で眠るその顔にそっと触れる。

サミュエルの寝顔を見ていると、いつも混乱してくる。ベッドで丸まって眠る癖があるリルが猫ならば、同じ癖のあるサミュエルだって猫なのではないか。だけどサミュエルは人間で、リルは猫だ。サミュエルの癖が人間の癖だと言うなら、今度はリルが人間になってしまう。

しばらく悩んだ後、とてもくだらないことだと悟ると、リルはそっとベッドから下りた。

青空が覗く窓際に立ち、ふとこの前の図書室でのことを思い出す。

窓の下を通り過ぎて行った薄い水色の鳥は、もしかすると昨日の女性だったのかもしれない。だとしたら、この城のメイドだろうか。長年この城に住んでいるリルだが、普段接点がある者はほんの数人だ。リルの知らない使用人がいてもおかしくない。

けれど――。

深く考えても仕方がない。どうせリルには関係のないことなのだから。

「リル？」

衣擦れと共に聞こえた声に振り返る。寝ぼけ眼《まなこ》を擦りながらサミュエルが起き上がっているところだった。ベッドに戻り、おはようのキスをねだるために唇を突き出すと、あたたかいものが淡く重ねられる。

「今日は早起きなんだね」

夜が怖い自分とは違い、サミュエルは朝が怖いのではないだろうかとリルは思うことがある。朝起きて、もしも自分の置かれている状況が変わっていたら、リルがいなくなっていたらという不安を抱きながら目を覚ましているのではないかと。

それを示すかのように、優しい口づけとは対照的に腰を引き寄せる力は強い。

「リル、空を見てた。今日もお天気。とてもいい天気」

「青い空はいたかい？」

からかうような口調で言われ、首を傾げる。すぐに、昨日の女性のことを言われているのだと気がつき曖昧《あいまい》に笑った。

「届かない空ならいた」

「そうか、それは残念だったね」

大して気持ちのこもらない返答をし、サミュエルはベッドの下に落ちていたシャツを拾い上げて袖を通した。サミュエルが窓の外を見ることは一度もない。その姿はやはり、朝を嫌っているように見えた。


その日の午後のことだった。

　今日はサミュエルの勉強の時間がないため、二人は部屋でのんびりと過ごしていた。リルはイチゴの味がついた飴玉《あめだま》を舐めながら、ソファーに腰掛けるサミュエルの膝の上で絵本を捲っていた。吟遊詩人が町から町へ渡り歩くという話で、先々で同じ青い鳥に会い、最後は安住の地を見つけて鳥と幸せな生活を送るというものだった。

「青っていうのは、幸せ？」

『リルには難しい本』を読んでいたサミュエルが、本から顔を離してリルを見る。不思議そうに目を丸くして。

「青が幸せ？　どういう意味だい？」

「絵本に、青い鳥は幸せの鳥って出てきた。鳥は青だから幸せ？」

「青い鳥は、そういう有名なお話があるからだよ。別に、青が特別幸せな色ってわけじゃない」

「だけどリル、青い空、好き。青い空、幸せ」

　リルの言葉を聞いて、サミュエルはなぜか不機嫌な表情になると、指を伸ばしてリルの赤い首輪に触れた。そして鈴を指で弾いて鳴らすと、ふっと鼻から息を抜いた。

「リルには青は似合わないよ」

「似合わない？　青、似合わない？」

「ああ、似合わない」

きっぱりと言い切られてしまい、リルはつまらなくなって絵本に視線を戻した。確かに、青い小鳥も青い空も手にしたことがないリルには、似合わない色なのかもしれない。

半ば無理矢理自分を納得させると、リルは質問を変えた。

「ぎんゆうしじん、ってなあに？」

サミュエルは今度は本から顔を上げることなく、投げやりに答えた。

「歌を歌う人のことだ」

その様子はあからさまにリルの質問を鬱陶しいと思っているようだったので、リルは本で自分の顔を覆って、ふてくされた顔をサミュエルに見られないようにした。

それにしても、この絵本の挿絵はなんて美しいのだろう。絵のことはよくわからないリルでも、これがどれだけ上等な部類に入るのかぐらいはわかる。輪郭をぼかすように水彩をのせ、そこからほんの少し濃い色を幾重にも重ねて陰影をつけている。吟遊詩人の金色の髪は細かい筆で一本一本、丁寧に描かれ、見えないはずの風の道筋までわかるようだ。

特に好きなのは、小鳥を指に止まらせている吟遊詩人の横顔の絵だ。吟遊詩人の被る白い羽帽子と小鳥の青が、素晴らしいコントラストを作り、画面に華を添えている。

そういえば、この吟遊詩人は昨日庭で会った女性に似ている。あの人も帽子に大きな羽飾りをつけていた。もしかすると彼女は、絵本から飛び出してきた吟遊詩人なのかもしれない。

楽しい妄想の世界に浸りかけたリルを、ノックの音が引き戻した。

「サミュエル様、今よろしいでしょうか」

扉越しに声が聞こえ、サミュエルは立ち上がると扉を開けた。リルは肘掛けに両手を揃えて顔を出す。

「お休みのところ申し訳ございません」

サミュエルの背中で遮られて姿は見えないが、硬質で落ち着いた声は、いつもリルの世話をしているメイドのものだ。

「先日の旅芸人の一座なのですが」

「あれは追い返せと言っただろう」

間髪入れず、サミュエルが短く言葉を放つ。一瞬の躊躇いの後、メイドはそれが義務であるかのように続ける。

「その中の女性が一人、歌だけでも聞いて欲しいと申しております。本人曰く、吟遊詩人とのことです」

その単語に飛びついたのはリルだった。

「吟遊詩人？　歌を歌ってくれるの？」

サミュエルは一瞬困ったような顔をリルに向けたが、すぐにメイドに向き直ると手で何かを振り払うような仕草をした。

「追い返してくれ」

「待って、リル、お歌聞きたい」

「もう二度と来ないようにと伝えろ」

「王子様、リル、会いたい。お歌、聞かせて欲しい」

メイドが立ち去ろうとしないのをいいことに、リルは畳みかけるように言った。

「詩人さん、帰しちゃイヤ。会いたい、聞きたい」

サミュエルの肩が軽く上がり、ゆっくりと下がる。どうやら、深いため息をついたようだ。もしかすると怒ったのかもしれない。後悔を半分、期待を半分抱きながらサミュエルの背中を見つめる。しばらく続く沈黙の間、背中は身じろぎもしない。諦めかけたその時、サミュエルが振り返った。

「リルがそこまで言うのなら」

そう言った瞳があまりにも淋しそうに見え、リルの胸がチクリと痛んだ。

「広間に通してくれ。支度をしてから行く」

りだ。


「かしこまりました」

扉の前を立ち去る時、一瞬だけメイドと目が合った。唇がほんの少しだけ上がっているように見えたが、リルはさして気に留めなかった。無感情に見えるメイドにだって、笑ってしまう時ぐらいあるだろう。それよりも、サミュエルの哀しそうな瞳の方が今は気がかりだ。

無表情でソファーに戻ってきたサミュエルの腕に手を添え、恐る恐る顔を覗き込む。

「王子様、怒ってるの？」

「どうしてだい？」

声は穏やかで、何かの感情を隠しているようにも聞こえず、だからなおさら揺れる瞳の理由がわからない。

「リルが我儘《わがまま》言ったから、怒ってる？」

「……違うよ、怒ってなんていない」

仄暗い湖の表面に、小石が水の輪を作りながら跳ねる。小さな輪は広がり、だけどリルのもとに届く前に消えてしまう。消えた輪を集めようと、心の中で必死に手を伸ばしていると、新しい小石が投げられた。

「リルが僕以外のものを欲しがるなんて初めてだったから、少し驚いただけなんだ」

小石は、輪を描くことさえせず、静かに底に向かって沈んでいく。リルは急に不安になると、サミュエルにぴたりと寄り添った。

広間に入るとすぐ、青と白の服を身に纏った背中が見えた。肩の下あたりで無造作《むぞうさ》に切られた、金でもない、赤でもない髪。

どこかで、見たことがある——。

鎖で引かれ、上座にある革張りの椅子に向かいながら、リルは自分の鼓動が速まっていくのを感じていた。

まさか。でも、もしかして。

期待にも似た興奮は傍らに置かれた白い羽のついた帽子を見た時に最高潮《さいこうちょう》を迎えた。間違いない、彼女は昨日、庭で会った女性だ。

椅子に座ったサミュエルの膝の上に、当たり前のように腰掛けながら、リルの目は吟遊詩人に釘づけになっていた。すぐ横で、複雑そうに自分を見る主になど気がつきもしない。

顔を上げた吟遊詩人は、まず、リルを見て目を丸くした。もう子どもとは言えない年齢の女性が、公衆の面前で男性の膝の上に座っている姿はさすがに奇異に映ったのか、それとも首輪に繋がる鎖を、サミュエルがしっかりと握っていることに軽く嫌悪感を覚えたのか、それらに構う様子もなく、すました顔をしているリルの美しさに心奪われたのか。あるいは、その全てだったのかもしれない。

彼女は息を呑み、少し遅れてから頭を下げた。

「本日はお目通りが叶い、誠に光栄です」

広い空間でもよく通る、透き通った声。女性にしては随分と低い声だが、物腰の柔らかさと穏やかな口調が違和感を消し去る。

「名前は？」

サミュエルに問われると、彼女はほんの少しはにかんだ。

「アレクサンドリアと申します。旅をしながら拙《つたな》い歌を披露する、しがない吟遊詩人です」

随分と卑下した言い方だが、嫌味はない。その言い方は却って、彼女の歌声に対する期待値を上げるものとなっていた。

リルは早く歌を聞きたくて、少し前のめりになったところを鎖によって引き戻されてしまった。サミュエルとリルにとっては何気ない仕草だったが、アレクサンドリアは微かに顔をしかめた。

「失礼ですがサミュエル様、そちらの女性は」

「僕の飼い猫だ」

躊躇うことなくサミュエルが答える。

アレクサンドリアは言葉を詰まらせ、二人の顔を見比べた後、お仕着せの笑顔をつくって頷いた。

「とても、お美しい猫です」

そして右手の袖《そで》を捲ると、手の平を上にしてリルに腕を差し出した。

「もう少しお傍に寄ってもよろしいでしょうか」

「……少しなら」

渋々とサミュエルが頷くと、アレクサンドリアは立ち上がり、こちらに近づいてきた。すっと伸ばされた背筋は美しく、歩く度に白と青の薄布が軽やかに踊っているように揺れる。手足は長く、体は引き締まっていて、まるでよく出来た彫刻のようだ。

絵本から飛び出してきた吟遊詩人そのものの姿に、リルは一瞬たりとも目が離せないでいた。

「美しい子猫のあなたへ」

広げた手の平をくるりと回すと、そこに一匹の青い小鳥が現れた。作り物ではない証拠に、小首を傾げながら小さく囀っている。

リルは目の前で起きた魔法に戸惑い息を呑んだが、恐怖心より好奇心が勝ったのか、恐る恐る小鳥に手を伸ばした。

その時だった。

「おまえ、男か？」

驚いたように小鳥が飛び立ち、リルの手をすり抜けてアレクサンドリアの頭に止まる。行き場を失ったリルの手は、力なくぱたりと膝の上に落ちた。

「おまえ、男だろう？」

睨みつけて言うサミュエルに、アレクサンドリアは臆することなくあっさりと頷いた。

「はい、そうです。よくおわかりで」

「手を見てわかった。おまえの手は男の手だ」

女性にしては大きな手をさすりながら、アレクサンドリアが微笑む。

「これでも丹念に手入れをしているのですが、鋭いですね」

男性だとわかった今でもそうは見えず、リルは茫然として細面の美しい顔を見つめた。美しいがまだ若干の幼さが残るサミュエルの顔とは違い、アレクサンドリアは完全に出来上がった美を持っている。確かに手はリルのものとは違い大きくて骨っぽかったが、リルを暗闇に引きずり込もうとする男性のそれとはまったく違っていた。

「悪いが、お引き取り願おう。僕の猫は男性が嫌いなんだ」

「そうなのですか？」

綺麗な顔が曇ったのを見て、リルは慌てて首を横に振った。

「でも、リル、この人平気。男の人に見えない、怖くない」

落胆のため息と、安堵のため息が同時に重なって聞こえる。どちらがどちらのものなのかは、説明するべくもない。

「ありがとうございます、リル様」

深々と頭を下げると、今度はアレクサンドリアの肩に小鳥が止まった。それを追いかけるリルの瞳が輝けば輝くほど、サミュエルの瞳に光がなくなっていくことにリルはもちろん気がつかない。

「なぜ、女性を騙《かた》る？」

険《けん》のある声で問われても、アレクサンドリアは柔らかな表情を崩さなかった。

「これも一つの芸にございます。女性としておいた方が、招き入れて頂ける機会も増えますので。例えば、今回のように」

サミュエルの顔が引きつる。束の間、嫌な空気が流れ、リルの腰に回された腕に力がこもる。

しかしやがてふと力が抜け、吐息交じりにサミュエルが言った。

「アレクサンドリアは女性に多い名前だが、偽名か？」

「ええ、もちろん。本名はウィリーという平凡な名前です」

アレクサンドリア――ウィリーがすっと手を上げると、再びそこに小鳥が止まった。リルは今度こそ小鳥を両手でそっと包んだ。

初めて触る動物は、あたたかくて小さく震えていて、少しでも力を入れたらすぐに死んでしまいそうで怖かった。強張った表情ですぐに返すと、ウィリーは苦笑気味に受け取り、出した時と同じように手の平をくるりと動かし小鳥を隠した。

「では、一曲披露《ひろう》させて頂きます」

どこからか取り出した小さな竪琴《たてごと》を手に、ウィリーが薄く唇を開いた。

それは、愛し合い、引き裂かれた男女の哀しい物語を歌ったものだった。竪琴から零れる物悲しいメロディーに、ウィリーの美しくも切ない声が重なると、物語の情景が目の前に映し出されているかのような錯覚に陥《おちい》った。リルはもちろんのこと、最初は気に入らない様子で聴いていたサミュエルでさえ、最後は思わず聞き入り、歌の世界に引き込まれていた。

時間にすれば、小さな砂時計の砂が全て落ち切る程度の短い歌だ。だけど何巻にもわたる壮大な物語を読み聞かされた後のように、サミュエルとリルの心は充足感に満たされていた。

「君は、素晴らしいな」

思わずサミュエルの口からそんな言葉が零れてしまったのも無理はない。リルは夢中で手を叩き、頬を紅潮させて身を乗り出している。

「ありがとうございます」

照れたように白い歯をこぼすと、ウィリーの中から少年っぽさが覗いた。

「今のは、君が作った歌なのか」

「旅先で聞いた話を私が歌にしました」

褒められたことに気を良くしたのか、ウィリーの顔が綻《ほころ》んでいる。

「もう一曲歌ってもよろしいでしょうか。こちらは、私が作ったのではなく、教えてもらった曲なのですが」

返答を待たず、長い指が竪琴の弦を弾く。

先ほどとは違い、明るくあたたかみのある中に、切なさを含んだメロディーが流れ出す。春を待つ花を称える歌はどこか懐かしく、聞いている者の耳に流れ込む。美しい歌詞はウィリーの透き通った声にぴったりとはまっていた。いや、きっとウィリーに歌いこなせない歌などないのだろう。それぐらい、彼の歌声は素晴らしかった。

『あなたには見えなくとも、私は雪の下で微笑んでいるのです。

すぐそこに春があることを知っているから』

「やはり、素晴らしい声だ」

呟くサミュエルの横で、リルは床の模様の一点を見つめ、ウィリーの歌に束縛されたかのように動けなくなっていた。

なんてことのない季節を歌った歌詞なのに、聞けば聞くほど胸が苦しく、涙が自然と溢れて来る。ウィリーの歌には感動がある、切なさもある。だけどそれ以外の得体の知れない感情が、リルの胸を押し潰そうとしていた。

「……やめて!!」

叫び、リルがサミュエルの首にしがみつくと、先ほどまで大人しくウィリーの肩に止まっていた小鳥が慌ただしく飛び立った。広間の天井を旋回し、逃げるように高い窓枠に止まる。ウィリーは歌うのをやめ、驚いた様子でリルを見ている。

「やめて、その歌嫌い。怖い！　私、怖い……！」

イヤイヤをするように頭を横に振ると、子どものように泣きじゃくってますます強くサミュエルに抱きついた。サミュエルはどこかほっとした顔でリルの頭を撫で、首筋に唇を寄せると、視線だけをウィリーに向けた。

「おまえ、リルに何をした？」

睨みつけられ、心底困った顔でウィリーが肩をすくめる。

「私は歌を歌っただけです」

「呪いでもかかっている歌か？」

「呪い？　なぜ、私がそんなことを？　ただの春を待つ歌だということは、サミュエル様だっておわかりでしょう？」

わからないならただの愚者だと言わんばかりに、ウィリーが険しい顔をする。サミュエルも本気で呪いなどというものを信じているわけではなかったので、これ以上踏み込むことはしなかった。

「下がれ。褒美は使用人から受け取れ」

乱暴に顎で指図され、ウィリーは白く綺麗な額の真ん中に皺を寄せたが、何度か大きく瞬きをした後、呆れたように床に置いてあった帽子を拾って頭を下げた。

「リル、部屋に戻る。戻りたい」

リルの頭の中に先ほどの歌が響く。美しかったはずの旋律は醜く歪んでリルの心を締め付ける。広間から逃げたところで頭の中から歌が消え去ることはないだろうが、一刻も早くここから出たかった。

「わかった、落ち着け。すぐに部屋に戻ろう」

抱き上げられて広間を後にする途中、リルは小鳥の鳴き声につられてサミュエルの肩越しに声のした方を見る。ウィリーは小鳥を指先に止まらせ、唇を寄せて可愛がっていた。

ふと、目が合う。その顔はなぜが、ほくそ笑んでいるように見えた。


部屋に戻ってきても、リルのざわめきが治まることはなかった。一人になってしまうと遠いところに連れて行かれてしまうような気がして、サミュエルにぴたりと寄り添い、膝を抱えてソファーに座った。

口元に触れる手が震えているのが自分でもわかったが、どうしても止めることが出来ない。代わりにサミュエルが手を強く握り、その震えを止めようとしてくれている。

「あの男が怖かったのか?」

「あの、男の、人?」

そうではない。ウィリーのことは怖いなどとは微塵《みじん》も感じなかった。歌声だってそうだ。

一曲目までは歌の世界に入り込み、美声に酔いしれていたはずだ。

「あの歌が、怖かった」

怖かったのはあの歌。なんてことのない、春を待つ花の歌だ。遠い昔の嫌な記憶を呼び起こす、忌まわしい歌。

——昔の記憶？

「む、か、し」

知らず知らずのうちに口に出し、慌てて口を噤《つぐ》む。幸い、その声は小さくてサミュエルには届かなかったようだ。それに対する反応はない。

一度、二度、三度と、サミュエルが大きく腕を動かして背中をさすってくれると、徐々にリルの震えは治まってきた。慣れ親しんだぬくもりが、リルの心を落ち着かせてくれる。

サミュエルの傍にいるのなら、何も心配することはない。リルはそう、自分に言い聞かせた。

「……あの男が怖かったわけではないのか」

「え？」

悲壮な声に顔を上げたが、サミュエルの瞳は穏やかだ。風一つない日の湖面のようで、底を覗き込もうとすると光の反射が邪魔をする。ふとした仕草からサミュエルの心の機微《きび》を察することが出来ていたはずのリルだったが、ここ数日、彼の心がまったく見えなくなる瞬間が度々あった。

「王子様は、リルと、ずっと一緒？」

すぐ傍にいるはずなのに、一瞬、サミュエルの顔が黒い仮面に覆われて見えなくなる錯覚に陥る。

「ずっと一緒に決まっているだろう？　何を言ってるんだい」

顔はちゃんと見えているのに、表情がわからない。優しい声色に見合った顔を思い出すことが出来ない。

「ずっと一緒なんだったら。ずっと、ずっと一緒だって言うんだったら、今すぐ、リルを、抱いて」

「え……」

仮面が剝《は》がれ、その下から素顔が覗く。たった今聞いた言葉を信じられず、困惑している表情だ。無理もないだろう。リルから求めることがあっても、それはいつだって動物的で、こうやって言葉で誘うことなど一度もなかったのだから。

耳元で、心臓の音が聞こえる。リルのものなのか、サミュエルのものなのか、誰のものなのか。鼓動の中にあのメロディーが微かに混ざっているような気がして、強く目を瞑《つむ》ると、サミュエルに体を預けた。

まだ、サミュエルからの返事はない。広がって行く不安がリルの心に巣くうものを喉の辺りまで押し上げて、涙となって溢れ出そうになる。

睫毛の縁にぶら下がっていた涙が零れ落ちそうになった時、壊れるほど強く抱きしめられた。鼓動は速まり、リルの周りの全ての音を消してしまう。

サミュエルの心臓に体が吸い込まれ、一部になってしまいそうな錯覚を覚える。恐怖はない。いっそその方が楽と思えるぐらいだ。

名前を呼ぼうと唇を開く。しかし顎に添えられた手で強引に上を向かされると、強く唇を吸われた。

「んんっ」

飢えた獣のように舌全体を使ってリルの舌を弄り、わざと唾液を流し込んで飲ませてくる。両手首を摑まれ、ベッドに押し倒されると、サミュエルの頭の向こうに空が見えた。青空を背景に浮かび上がる漆黒の髪は、哀しみを帯びているようにリルには見えた。

ドレスの胸元を下げられて、唇を這っていた舌が徐々に下に下りてくる。ささやかに出来た胸の谷間に顔を埋め、溜まった汗を舐め取るように舌を動かされる。ぬるりとした感触が、リルの肌を犯していく。左右から持ち上げるように胸を触られ、親指を使って固い蕾の部分を弄られた。頭の奥を絞られるような感覚がして、つま先がびくんと跳ねる。

「うふぅっ……」

鼻から抜けるような甘い声が唇から勝手に零れる。額の真ん中を丸い綿でトントンと叩かれているような感覚に引っ張られ、顎が自然と上がってしまう。

固い蕾が口に含まれ、いつもより強く吸われる。体の奥まで吸われていくように、中が痺れてじわりとあたたかいものが溢れる。

「んっ、君は、どうしてそんなに」

熱に浮かされたように熱く息を吐き出しながら、サミュエルは手の平全体を使ってリルの胸を揉みしだく。

「君がいると、僕は」

決して大きいとは言えないリルの胸が指の間から零れるぐらい、サミュエルの力は強かった。

少し痛い。だけどサミュエルの情熱が伝わってきて、痛みさえ快感を構築する要素の一つになる。ドレスを脱がされ、へその周りが濡れるほどねっとりと舐めまわされる。心地よい鳥肌に包まれていると、サミュエルはさらにその下に舌を這わせた。

「んくっ、あっ、やあっ」

薄い下着の上から硬く膨れる部分を探り当てられ舌先で押される。唾液をたっぷり含んだ舌は、くちゅくちゅと音を立てながらそこを舐め、吸い上げる。

「んふぅっ、ふぁっ、あんっ、そこ、弱い……」

唾液なのかリルのいやらしい汁なのか、もう区別がつかないぐらい下着が濡れ、肌に張り付く感触がさらに興奮を煽った。

「直接、舐めて。もっと、気持ちよく、なりたい」

掠れた甘い声を出すと、サミュエルは唇で下着を挟んでずり下ろした。

「リルのここ、凄いよ。指で摑めないほどぬるぬるしてる」

いつものようにリルを恥ずかしがらせようとしているわけではなく、なぜか今日はサミュエル自身も興奮し、リルのそこをじっくり見ようと指を使って大きく広げている。熱い吐息がかかっただけで背中が小刻みに揺れ、リルの頭の中を真っ白な霧が覆い尽くしていく。

濡れた花弁をかき分けて指が中に侵入し、円を描くように奥を丸くくすぐられる。唇は硬い部分を音を立てて吸い、舌はそれを抉り出すようにすくって舐め上げる。

「はぁっ！　んあっ、あっ、あっ、あっ、やぁん」

自分の嬌声とサミュエルの吐息と、淫靡な水音を聞きながら、リルはふと顔を横に向けた。窓から覗く青い空がリルを見ている。無表情で、無感情な青が、見ている。

「んあぁっ！」

一番好きな場所で指を曲げられ、執拗にそこを責められると、青が滲んで見えなくなった。今が昼なのか、夜なのか、そして快感を引き出す指は誰のものなのか、それすら曖昧になってくる。今の自分の肉体は、快感を感じるための器でしかなく、これを奪われたら、からっぽになってしまうだろう。

体中の産毛《うぶげ》が逆立ち、毛穴から噴き出した汗の粒が肌を伝わる。つうっとゆっくり落ちて行く微かな感触ですら、リルは貪欲に快感として貪った。

上に引っ張られ、体が細い糸になっていく。追い出されるように、形のない快感の塊が上昇していく。

「あっ、イっ、イっ、クっ！　あっ、イクぅ、イクっ！」

体と快感の塊が完全に切り離され、目の前が真っ白になると、リルは腰を浮かせて小刻みに震えた。何かに摑まっていないと、自分が消えてしまいそうで怖くて、頭の下のシーツを強く摑んだ。

「はあ、ぁ、ふぅ……」

息の仕方を忘れてしまったのかと思えるほど苦しくて、口を開けて懸命に呼吸をする。

「脚を閉じないで」

いつの間にか自然と閉じてしまっていた脚を、サミュエルが両手で押さえつけて広げる。

ぬらりと光る赤い花びらの前で、待ちきれなかったようにサミュエルの反り立つものが取り出された。赤黒く熱を帯びたそれは、先の方からもう透明の汁が溢れている。

リルの中に差し込まれた時、淫らな水音と共に溢れた雫がお尻の割れ目を伝ってシーツを汚した。うっすらと、いやらしい匂いが漂う。

「はぁんっ！」

最初からいきなり激しく動かされ、眩暈《めまい》が起きる。頭の中を掴まれてぐるぐると回されているような感覚が怖くて、サミュエルの背中に腕を伸ばす。サミュエルがリルの腰を持って浮かせると、自分の意思で動くことが出来なくなり、リルの体はサミュエルの動きに合わせてされるがまま揺さぶられた。

襲い来る刺激に体の奥がぎゅうっと絞まり、もう放さないとばかりにサミュエルのものを締め付けている。

垂《た》れ落ちる雫は一層匂いを濃くし、辺りに充満している。

「王子様、あっ、いっ、気持ちいぃ……！」

声を上げたリルの唇を、サミュエルが口づけで塞ぐ。

「んっ、ダメだリル、僕を呼ぶな」

前に喘ぐなと意地悪をした時とは違い、なぜか思い詰めたような重い声で言われる。一瞬、今自分の中にいるのが本当はサミュエルでないのではないかという不安にかられ、逆に何度も名前を呼んだ。

「はぅ、んくっ、んっ、はぁ、王子……様、王子様ぁ……！」

苦しい息の合間に唇を開くリルを、サミュエルの唇が邪魔をする。

「僕を呼ばないでくれ。僕を求めないでくれ。君がそんなだから、僕は……！」

内壁を擦り上げながらサミュエルが熱く切ない吐息をリルの肩の上に落とす。動きが緩むことはなく、何かから追われるようにリルに自分を刻みつけようとしている。

矛盾している。自分を求めるなと言っておきながら、自分のものである印をつけようとしているなど、矛盾している。サミュエルの傷痕をつけられたリルは、一体、他の誰を求めればいいと言うのだ。

真っ白に塗りつぶされていく意識の中、リルはぼんやりとそんなことを考えた。

先ほどまで、肉体は快感の器でしかなかった。

だけど今は、快感は全て肉体に集中し、心の方がからっぽになっている。それを補うように、体はいつも以上に敏感になり、揺れているだけの胸の先まで痛いぐらいに感じている。

「はあっ、気持ちいい、奥、好き……！」

「そんなの……言わなくても知ってるよ」

激しい動きとは裏腹に、サミュエルの声はやけに落ち着いている。サミュエルの心が見えない。わからない。サミュエルが見えない。

「んっ、はあ、中と、外、どっちがいいんだい？」

どちらに出されたいのか聞かれたとわかったリルは、迷わず答えた。

「はぁっ、あっ、あぁっん……中が、いい……」

イく瞬間もぬくもりを感じられるから、中がいい。

だがサミュエルはリルの体を放し、足首を摑んで開かせ、体の密着が少ない体位になると、最後に向けて動きを速めた。

「ふぁっ！　はぁっ、んっ、くっ、ああんっ！」

体がベッドにめり込んでしまうほど強く奥に杭を打たれ、快感と苦痛が同時に襲ってきてわけがわからなくなる。入り口から体の真ん中、そして胸から喉、額、そして頭の天辺までを、熱い波動が駆け抜けていく。

「はあ、う……もう、出る……」

サミュエルからも余裕のない荒い息が漏れ出し、動きはどんどん加速していく。

「んんっ、あっ、んくっ、あっ！　ああっ！」

「はぁ、あ、あ、あ……う……くっ……！」

切なく目を瞑ったかと思うと、サミュエルは根元を持って自分をリルから引き抜いた。そして素早く体をずらし、リルの顔の前にそれを突き出した。

いきなりのことで何が起きているのかわからなかったリルは、目を丸くし、口を開けた。顔に生暖かいものが放たれる。前髪を、睫毛を、唇を、白濁の液が犯していく。

「あ……あ」

ツンと鼻をつくおかしな匂い。ぽかんと開けた口の中に液体が零れ落ち、苦い味が広がる。体の上に出されたことはあっても、顔に出されたのは初めてだった。

「あ……」

茫然として頬の上の汁を人差し指の先で拭うと、冷ややかに、だけどどこか泣きそうな顔でこちらを見るサミュエルと目が合った。サミュエルは近くにあったタオルを摑みとると、リルの顔を乱暴に拭《ふ》いた。

いつもだったら終わった後は強く優しく抱きしめてくれるのに、サミュエルは怒ったように口角を下げたまま、まだ少し雫の垂れる自分のものを拭っている。

その様子をぼんやりと見ているリルに、サミュエルが吐き捨てるように言う。

「汚い猫」

リルは自分が愛猫からただの性欲処理のペットになってしまった気分になり、哀しみに涙がこみ上げてきた。

「っ……うっ、ひっく、ひっく、えっ、えっ……」

泣いたのは久しぶりだった。リルの記憶に残る自分の最後の涙は、あの嵐の夜のことだ。それから今日まで、泣いたことなどなかったのに。

「うっ、ひっく、ひっくっ、うっうっ」

枕に顔を伏せて泣きじゃくるリルの頭に、サミュエルは面倒くさそうに手を置くと、おざなりに頭を撫でた。

「泣くな。猫はそんなふうには泣かないんだから」

「ひっく、ひっく……」

それでも泣き止まないリルの頭の上に深いため息を落とし、サミュエルは小さな肩を抱きしめて耳元に唇を寄せた。

「どうして泣く必要があるんだい？　君は猫だろう？　ご主人の傍で何も考えずに日がな一日寝ていればいいだけの猫なんだろう？」

「……うっ、ひっく、ひっく？」

「ほら、自分は猫だって言ってごらん？　王子様の猫ですって」

リルはサミュエルから離れて一度枕に強く顔を押し付け、涙を止めた後、ゆっくりと顔を上げ、サミュエルの冷たい瞳を見つめながら言った。

「リルは、王子様の、猫です」

サミュエルの顔が一瞬にして真っ赤になった。恥じらいではなく、怒りからであろうことはリルにもすぐにわかった。酷く叱責《しっせき》されるのではないかと、身を守るためにベッドに伏せて背中を丸めるリルの体に、手が伸びて来る。

「君が。君がそんなだから」

乱暴をされるのかと思い目を瞑ったリルに、あたたかなぬくもりが降ってくる。サミュエルが体全体を覆うように、優しく抱きしめてくれていた。

「君が、そんなだから」

同じことを言い、今度は強く抱きしめる。

「君がそんなだから、僕は苦しいんだ」

背中に回された手が震え、振動がリルの心の奥まで揺さぶる。

なぜ、苦しいの？

聞きたくてもその答えが怖くて聞けない。

リルはだらりと手を下ろしたまま、サミュエルの胸の中で目を閉じた。もう涙は流れない。いや、流さないと決め、リルは胸に暗幕を下ろした。

こんなに近くにいるのに、顔を上げればすぐに見ることが出来るのに、サミュエルの顔を思い出すことが出来ない。

猫は、三日経つと飼い主の顔を忘れてしまうんだよ。

そう言ったのは、誰だったか。

そして、それに対して、リルはなんと答えたのか。

全ての記憶が曖昧になると、リルは心をからっぽにしてサミュエルに体を預けた。

5.

次の日、サミュエルは何事もなかったかのように、いつも通りにリルを扱った。朝起きて一緒にお風呂に入り、髪を梳いて服を着替えさせる。礼拝の時間になったらメイドに後を任せ、戻ってきた後は絵本を読んでくれた。

『何事もなかったかのように』

実際、何事もなかったのだろうとリルは思った。流れゆく毎日の中で、少しだけいつもと違うことが起こった。たまたま訪れた旅芸人の歌を聞いた。たったそれだけのことなのだ。

この先もずっと、サミュエルとリルの閉ざされた世界が壊れることなどないのだ。

平穏な朝に安堵すると、リルはなんら変わることなく、絵本を読むサミュエルに甘えて体をすり寄せた。

午後になり、リルは図書室に連れて来られた。これからサミュエルは国史の授業を受けに行く。その間、鍵のかかった図書室でおやつを食べながら絵本を読むのがリルの日課だ。

「戻ってくるまで、いい子にしてるんだよ？」

頭を撫でられ気持ちよくなったリルは、目を細めて微笑み頷いた。

サミュエルが出て行くと、入れ替わるように無表情のメイドが入ってきて、銀色のトレーにのせたまま、ホットミルクの入ったカップとおやつのお皿をテーブルに置いた。

今日のおやつはオレンジののったタルトとアーモンドタフィーのようだ。どちらもリルの好物なので嬉しかった。

それからメイドは適当に絵本を三冊選ぶと、トレーの横に置いた。

「ありがとう」

いつもならここですぐに立ち去るメイドが、なぜかリルの横に立ったまま動こうとしない。眼鏡《めがね》の奥に覗く吊り上がった目が、せわしなく扉とリルを行ったり来たり動いている。

改めてよく見ると顔は皺もなく、肌にも張りがある。陰湿な雰囲気と高く詰めた白髪交じりの髪のせいで年に見えたが、案外、リルが思っているより若いのかもしれない。

「どうしたの？　リルに、何か、用？」

サミュエル以外の誰かに話しかけることは禁止されていたが、いつもと違う様子のメイドに、思わず声をかけていた。メイドは落ち着きない様子のまま黙っている。早くおやつを食べたいリルは、困った顔で再度言った。

「どうしたの？」

その時、図書室の扉が開いた。金色でもなく、赤でもない髪。一見、女性と見間違えてしまう細面《ほそおもて》の美しい顔。青と白の薄衣で出来た服に包まれた、華奢な肢体。

「ご機嫌いかがでしょうか、リル様」

細い手首をくるりと一回転させると、中から青い小鳥が現れた。

「ウィリー？　どうして？」

小鳥はリルの頭の上を旋回《せんかい》すると、ウィリーの肩に止まった。その姿はまるで良く出来た絵画のように完璧で隙がなく、夢を見ているのだと錯覚してしまうほどだった。

リルの問いに答えることなく、ウィリーはメイドの横に立つと耳打ちをした。綺麗な横顔が、時折楽しそうにほころんでいる。

何を言われたのか、メイドは深く頷くとウィリーを残してその場から立ち去った。図書室から出る時、一瞬だけ眩《まぶ》しそうにこちらを振り返ったが、その眼差しはリルに向けたものではなかった。

扉が閉まり、二人だけになる。男性と二人きりでも恐怖を感じないのは、ウィリーの中性的な雰囲気のお陰か。あるいはあまりにも突飛すぎるこの状況を、リルが理解していないせいかもしれない。

雲の影が床の上を流れていく。ウィリーの整った顔の上にも影が出来たが、それで美しさが損なわれることはない。

足音が近づいてくる。一歩、二歩、三歩と歩いてリルの前で歩みを止める。ウィリーは口元だけで微笑すると、絵本の中の王子様がするように、胸の前に手を添えて深くお辞儀をした。

「助けに参りました。囚《とら》われの姫君」

姫君とは、リルの知識の中では絵本の中でだけ存在するものだ。この城には王子様はいるが、姫はいない。

姫などいない。

「リル、姫じゃない。リルは、猫」

ククッと、白い首の喉を鳴らし、ウィリーが眉を顰めて笑った。

「そんな不憫《ふびん》なあなただからこそ、救ってさしあげたくなったのです。自分を猫だと言い張る、可哀想で美しい姫をね」

「救いなんて、いらない」

きっぱりと言い切っても、ウィリーの笑みが消えることはなかった。それどころかますます楽しそうに目尻を下げると、すうっと静かに息を吸った。

その口から春を待つ花の歌が流れる。牧歌的《ぼっか》であたたかなメロディーとは裏腹に、リルの心が冷えていく。黒いものが頭の中で渦を巻き、思い出したくないことを引き出そうとしている。

見えるはずのない光景がはっきりと目の前に映し出される。

たくさんの太い手が。

男たちの酒臭い息が。

早く逃げなければと必死で走り。

走って、走って、走って、森に逃げ込み、見つからないように茂みに隠れて息を潜めた。奇怪な声を発生する真っ黒な鳥、遠くで聞こえる狼の遠吠《とおぼ》え、足元から這い上がってくる多足の昆虫。月の光だけではせいぜい周囲二、三メートル程度しか見ることが出来ず、いつ何者に襲われるかもわからない恐怖と闘いながら一晩を過ごした。

夜が怖かった。早く朝が来ることを願った。

朝が来れさえすれば、きっと助かる。そう信じた。

「大丈夫ですか？」

いつの間にか、ウィリーが傍で肩を抱いていた。

「顔が真っ青です」

ソファーに座らせてくれようとする手を払い、自らすとんと腰掛ける。脳裏を駆け抜けていった光景を追い出すように目を瞑り、胸の前で手を強く握った。

「大丈夫。――触らないで」

そっけなく言い放つと、リルはウィリーに背中を向けた。

「……喜んで頂けると思って歌ったのに、残念です」

心底落胆する声に振り返ると、その顔に憂いの色が浮かんでいた。白磁《はくじ》の壺《つぼ》のように美しい顔。完璧なフォルムを保つ陶器の壺に、うっすらと入ったヒビは、欠点どころかヒビの周りの美しさをよりいっそう際立たせるものとなっていた。

消えゆくほど儚《はかな》い潤んだ瞳に、リルは自分が重大な過ちを犯してしまったような気分になった。次第に胸が苦しくなり頭を下げる。

「あの、ごめんなさい」

「いえ、こちらこそ。それに私が悪いのです。あなたの様子がおかしかったのが本当にこの歌のせいだったのか、試しただけなのですから」

先ほど自らが放った善意の言葉をあっさりと覆し、再び綺麗に微笑む。

「試した、の？」

呆気に取られ、怒ることも忘れてしまう。その隙に、ウィリーはソファーの下に跪いた。

そして眩《まばゆ》いほどにきらめく瞳を真っ直ぐに向け、ひとつひとつ区切るように、丁寧に言葉を紡ぐ。

「私は、あなたの力になりたい。あなたはこんな場所に閉じ込められていていい人ではない」

「私、は」

――私は、猫だから。

言いたいのに言葉が続かない。その言葉だけ小鳥に啄《ついば》まれてしまったかのように、口から出てこない。

「……どうして、ここに？」

そもそもなぜ、この場にウィリーがいるのだろう。

本来ならとっくに尋ねておかなければならなかった疑問が、今更口をついて出る。ここには、サミュエルと、リルと、先ほどのメイドしか出入りすることは出来ないはずだ。

「眼鏡の彼女」

耳元で囁かれた時、ぞくりと寒気が走った。ウィリーはリルの体のどこにも触れていないはずなのに、なぜか全身に痛みが走る。

「彼女は優しい女性です。あなたを助けたいと相談をしたら、すぐに同意して下さいました。彼女も普段から、籠《かご》に閉じ込められているあなたを可哀想に思っていたようです」

それはきっと、嘘だ。

あのメイドがリルを不憫《ふびん》に思っていることなどないだろう。彼女がリルに感情移入するほど接点はないのだから。

「……出て行って」

目を見ずにそう言うと、ウィリーはため息混じりに笑った後あっさりと立ち上がった。

「飼い慣らされた猫は、外を異常に怖がるといいます。ですが、一度外の世界を知ってしまったら、二度と家には戻ってこなくなるとも」

「出て行って」

その言葉にふわりと首を傾けて微笑んだのが、視界の端に映る。

ウィリーはわざとらしいぐらいゆっくりとした歩調で出口に向かい、扉を開けた後、軽く外を覗いて左右を見た。それから素早く廊下に出て、半分閉じた扉の隙間からリルに声を掛けた。

「姫。いえ、リル」

「……何？」

「あなたは、サミュエル様の前だと口調が変わるんですね」

　小さな叫び声と共に飛び出しそうになった心臓をぐっと飲み込むと、ウィリーはなぜか満足そうな顔をして扉を閉めた。

　リルは得体の知れぬ恐怖にかられると、ソファーの上にあったクッションを抱きしめて一番奥の本棚の裏に身を隠した。

　ここにいれば、そのうちサミュエルが助けに来てくれる。森に迷い込んだあの日と同じように。

　だけどもし、あの時自力で森を出ていたらどうなっていたのだろう。サミュエルではなく、他の誰かに拾われていたら、リルの運命は大きく変わっていたのだろうか。

　そこまで考え、頭を振る。

　運命は変わっていただろう。恐らく、悪い方に。

　酒臭い男たちに捕らえられ、慰み者にされたあげく、どこかに売られるか、最悪その場で殺されていた可能性だってあるのだ。いや、今だってあの男たちはリルをつけ狙い、森をうろついているかもしれない。

そんなことを考えていたら、周りを取り囲む本たちが、森を覆う鬱蒼《うっそう》とした黒い木々に見えてくる。リルは両手で耳を塞いで目を瞑ると体を小さく丸めた。

それから、一時間もしないうちにサミュエルは図書室にリルを迎えに来た。リルが知らない間にメイドが鍵を掛けに戻ってきたのか、サミュエルが何かを疑っている様子はない。ただ、片隅に蹲《うずくま》って震えるリルに吃驚し、珍しく慌てふためきリルの傍にしゃがみ込んだ。

何を聞いても部屋に戻りたいとだけしか言わないリルを抱き上げると、サミュエルは図書室を出た。部屋に戻る途中の廊下で、リルはサミュエルの顔を見上げた。

細面の小さな顔は、少年から青年への成長途中のまま止まってしまったようなあどけなさが残っている。だが、思いの外《ほか》意思が強そうに引き締まった唇や、涼やかな目元、高すぎず通った鼻筋は女性のそれとは明らかに差異があり、ウィリーと違って女性を騙るにはもう無理がありそうだった。

サミュエルは成長している。

そして、自分も。

その日の夜、バスルームでは楽しそうにはしゃぐ声が響いていた。

サミュエルがメイドに頼み、シャボン玉を用意してくれたのだ。初めのうちは、リルは浮かんでは割れてしまうガラス玉を怖がったが、頭や鼻に優しく触れられているうちに、輪にした針金を自ら持ち、サミュエルより大きなシャボン玉を作ることに夢中になった。

「見て、王子様！　リルのシャボン玉、大きい。王子様の顔より、大きい！」

右から左、下から上へ七色に変化する薄い透明のガラス玉を、ふっと息で吹き飛ばすと、それは天井にぶつかって消えた。

「リルにはシャボン玉を見せたことがなかったね」

浴槽《よくそう》に腰掛け、足だけ湯に浸けた状態でサミュエルがシャボン玉を吹く。ストローで作ったシャボン玉は細かくたくさん飛び散り、バスルームを一瞬にして花畑に変えてしまう。

「僕は、子どもの頃に遊んでもらったよ」

まさか子ども時代の話が出るとは思わず、リルは輪を握りしめたままサミュエルを見た。サミュエルは楽しそうな様子でシャボン玉を飛ばしている。

「えっと、誰に、教えてもらったの？」

「メイドだよ。僕が兄弟と遊ぶはずないからね」

朝食のメニューのことを語るような気安さに、リルは安堵する。どうやら、嫌な思い出ではないようだ。

「今日は、どうして、シャボン玉、持ってきたの？　リルと遊びたかった？　王子様、リルと遊びたかった？」

「そうだね、リルと遊びたかった」

伸ばされたサミュエルの手が湯気の上で漂っていたシャボン玉を摑む。弾けて飛んだ後にはシャボンの雫が垂れたが、それも浴槽に張られた湯の中に混じり、跡形もなく消えてしまった。

「どっちがたくさん壊せるか、勝負しようか？」

本当は、壊せる数よりも量や大きさを競いたかったが、いつになくサミュエルがご機嫌な様子だったので、リルもそれに従った。

サミュエルが飛ばしたシャボン玉を追いかけて、両手で挟んで壊していく。裸の二人がシャボン玉と戯れる様は滑稽でもあったが、ここは二人だけの世界。外聞など気にしなくていい。

結局どちらがどれだけ壊したかなどわからなくなるぐらい散々遊び、体を洗い合って浴室から出る頃には二人ともすっかりのぼせていた。

お互いの赤い顔を見ているだけでも楽しくて、じゃれ合いながらベッドの上に転がり込

む。

サミュエルの腕を枕にして目を瞑り、ふとウィリーのことを思い出す。昼間の訪問は、サミュエルに話すべきことのはずだが、リルは言い出せないでいた。

サミュエルが知ったら、ウィリーやメイドが酷い目に遭うことはわかっている。自分のせいで誰かが不幸になることは、やはり避けたかった。

「何を考えているんだい？」

金糸の髪を指に巻きつけて遊びながらサミュエルが穏やかな視線を向ける。リルは腕枕の上に頭を乗せ直すと、さらに近づいた。ブルーグレーの瞳の中に映る自分の表情がわかるほど。

リルは自分自身と目を合わせた後、一拍置いて答えた。

「えっと、王子様の、初めてのシャボン玉のこと、考えてた。どうして遊んだのかな、どこで遊んだのかな、楽しかったのかなって」

嘘をついたわけではない。ただ、たった今考えたこと――ウィリーのことを言わなかっただけだ。サミュエルは何も疑うこともなく、リルの頭を撫でた。

「シャボン玉を最初に見たのは、僕がまだ本城で暮らしていた時だ。部屋からほとんど出ない僕を心配した母上が観劇に連れ出してくれた。

シャボン玉は舞台効果の演出の一つとして使われていた。派手な化粧を施した女優の周りに浮かぶシャボン玉がやけに儚く見えて、少し怖くなったことを憶えている。

ガラス玉なら、壊れた後に破片が残る。だけどシャボン玉は何も残らない。何も残らないからこそ美しくて、怖い。壊れるのを見て恐怖を感じるぐらいだったら、最初から見なければいいと思ったのに、僕は芝居そっちのけでシャボン玉のことばかり考えた」

淡々と語る様が、却ってサミュエルの心の不安定さを物語っているような気がして、顔を覗き込む。見られたくないのか、サミュエルがリルの頭を押さえこむようにして抱きしめた。耳元で聞こえる心臓の音はやけに穏やかで、それがますますリルの不安を煽る。

「母上は僕を見て、シャボン玉を気に入ったと思ったらしい。次の日、テラスに出た僕がメイドから手渡されたのはシャボン玉液の入ったガラス瓶《びん》だった。

どれだけたくさん吹いて作っても、シャボン玉は瞬《また》く間に消えてしまう。ムキになって吹く僕を見て、メイドたちは微笑ましく思っていたに違いない。

僕はシャボン玉を美しく儚いものだと思ったが、自らの手で作るのは好きじゃないと思った。消えるとわかっているものを作り出すほど虚しいことはないと思った」

「……好きじゃないのに、リルと遊んでくれたの？　リルが喜ぶと思ったから、遊んでくれたの？」

そんな理由ではないことは明白だったが、リルは無邪気を装って明るい声を出した。

「そうだね。リルが喜ぶと思ったからだよ」

乾いた声に気がつかないふりをし、サミュエルの背中に手を回すと目を瞑る。

リルにはわかってしまった。

シャボン玉で遊んだのは、きっと一緒に壊すため。

二人の手で、壊すため。


「ご機嫌麗しゅうございます、姫君」

頭を下げてくるりと手首を回すと、今日は小鳥ではなく白い花が現れた。レモンに似た匂いのするそれは、リルの知らない花だった。

今日もまた、図書室でサミュエルを待つリルのもとに、訪問客がやってきた。といっても、昨日と同じくウィリーなのだが――。

「お花、好きじゃない。リル、王子様がくれるお花以外、いらない」

受け取りを拒否して絵本に目線を落とす。すると、ページの間に、栞のように花が置かれた。このまま本を閉じるわけにもいかず、結局受け取るしかない。

「随分と簡単な本を読んでいるんですね」

覗き込まれ、ウィリーの髪が本のページにかかったのを、リルはわざと大袈裟に鬱陶《うっとう》しそうな仕草で払った。

「これしか、読めない。リル、文字、苦手」

「無理をしていますね」

喉の奥が鳴ったのを聞き、本を持つリルの手に汗が滲む。昨日のように、早く出て行ってくれることを願うばかりだ。

「この国の敗戦が近いことをご存知ですか？」

「はいせん？」

本当にわからなくて顔を上げると、ウィリーは薄く笑って窓の外を見ていた。窓枠によって四角く切り取られた青い空は、ウィリーの女性的な横顔を額縁のように飾っていた。

「戦争に負けるんですよ。負ければ、この国は全てを失うでしょう。王族は財産を没収されて全員処刑される。サミュエル様も例外ではありません」

この国の戦争については、サミュエルが話していたのを聞いたことがある。まるで遠い国のおとぎ話を聞かせるかのように静かに語り、物語の最後は、いつかは自分も処刑されるのだろうと締めくくった。

戦争、処刑、死。言葉だけ並べられても、それはとても曖昧で輪郭が見えない。さして興味も持てなかったリルは、髪の先を編みながら聞いていたのを思い出した。

「サミュエル様が処刑されたら、リル様はどうなるのでしょう。愛猫も王族の一員として、処刑されてしまうのでしょうか。このままでいいのですか？　あなただって死にたくないでしょう？」

意味深に笑うウィリーをよそに、リルの視線が虚ろに青い空を捉える。手前にいるウィリーの顔がぼやけ、青しか見えなくなる。

死にたくないだろうと言われても、よくわからない。死というものがなんなのかちゃんとは理解していないからだ。けれど、生きるという言葉ならわかる。

「生きたい」

言い切ったリルの真意を、半分もわかっていなかったはず。だけどウィリーは満足そうに微笑むと、もう一つ花を取り出し、リルの髪に挿した。レモンの香りのする花の名前は、やはりリルにはわからなかった。

「生きたいと思う気持ちがあるのならよかった。ますます、あなたを救ってさしあげたくなりました」

救う？　何を？　どうやって？

「救いなんて、いらない」

「メイドに聞きました。あなたがこの城にやってきた経緯を。あのメイドは、リル様の今の環境を大変嘆いておりましたよ。私が思うにあなたたち二人は、一緒にいたらそのうち不幸になる」

「どうしてそう言い切れるの」

「それは」

すっと、頬に指が触れる。冷たすぎるそれは、まるで氷柱のように、鋭くリルの心を抉ろうとしている。この先の言葉は聞きたくない。だが、一方で、誰かがそれを言ってくれるのを待っている。

「それは、私があなたの正体を知っているからです」

予想していた答えだったにもかかわらず、リルは小さく息を呑むと胸元を押さえた。

氷の刃が心臓をくり貫く。痛くて辛くて張り裂けそうで、今にも叫び出したくなった。だけどなぜなのだろう。その一方で、常に心を支配していた暗雲が薄くなっていくのを感じているのは。なぜなのだろう。繋がれていた鎖に切れ目が入り、少し引っ張ればすぐに切れそうに見えているのは。

「私でも、自分の正体なんて知らないのに、あなたが知っているはずがない」

軽く睨みつけて言うと、ウィリーは楽しそうに口元に手を添えた。

「失礼。知っていると言うのは語弊があります。気がついたと言うべきでしょうか」

「私の正体は、なんだと言うの」

「知りたければ、ついて来て下さい」

「え？」

驚いて目を丸くするリルを横目で見ながら、ウィリーは扉に向かって足を進める。ドアノブに手をかけ、扉を開き、潜り抜けてまた扉を閉めるという一連の動作を見ながら、リルは一歩も動けないでいた。

図書室から出ていいのは、サミュエルが迎えに来た時だけだ。いくら出ようとしても、どうせ鍵が掛かっていて出られないのだから。

扉を見る。

今、この扉に鍵は掛かっていない。

今なら、図書室を出ることが出来る。サミュエルの迎えなしに。

しばらくの間、瞬きもせず扉を見つめていたリルだったが、結局扉には向かわず窓辺に立った。図書室の窓はリルやサミュエルの部屋とは違い、鉄格子ははめられていなかったが、飛び降りたら確実に死ぬ高さにある。それは侵入者も同じことで、ここから忍び込める者がいるとすれば、絵本の中に出てくる怪盗ぐらいのものだろう。

試しに窓を開けて身を乗り出してみる。眩暈がするほどの高さに、慌てて体を引く。次に上を向いてみる。雲一つない青い空。眩しすぎて窓を閉めようとした時、窓枠に何かが当たって音を立てた。

「あっ……！」

手を伸ばした時にはもう遅かった。首から外れた鈴は、地面に吸い込まれるように落ちて行く。それを追いかけるように赤い革のリボンも。どうやら、留め金が緩んでいたようだ。

何もなくなってしまった首元を触り、何も見えない緑の芝生を見る。鈴をなくしてしまったと言ったら、サミュエルはどれだけ哀しい顔をするだろう。いや、案外微笑んで、また新しいものを用意すると言うかもしれない。

だけど、サミュエルはあの鈴が大層お気に入りのようだった。

鍵の掛かっていない扉。今なら、鈴を探しに行ける。扉の前に立ち、ふと先日のことを思い出す。サミュエルの兄がリルを捕らえにやってきた時のことを。

やはり怖くなって、一旦図書室の奥に行き、しゃがみ込む。

鈴は、なくしたと正直に言えばいい。きっと使用人を総動員して探してくれるはずだ。何も、自ら探しに行かなくてもいい。

それなのにリルは立ち上がると、不安で速くなっていく自分の鼓動を聞きながら扉の前に立った。結局、鈴は言い訳にすぎない。本当はウィリーが自分の正体に気がついたと言ったことが気になって、ここから外に出る理由を探しているだけだ。

猫は、好奇心が旺盛な生き物だ。

例に漏れず、リルも。

リルは大きく深呼吸をした後、息を止めて扉を開けた。


中庭を横目に回廊を走り抜け、建物の外へ出る。途中、使用人に見つからなかったのは幸いだったが、中庭よりも外に出たことがないリルには、城の構造がよくわからない。どう行けば、図書室の窓の下に辿《たど》り着くことが出来るのか理解していないまま、あてずっぽうで走るしかない。とにかく、まずは鈴を探さなければ。

まず、ではない。自分は鈴を探すために外に出たのだ。それ以外の目的などない。

誰に聞かれたわけでもないのに、頭の中で何度も言い訳を繰り返す。

「はあ、はあ……」

城の外壁沿いに走るリルの頬を、風が撫でる。ウサギの匂いはしない。それに気がつき、足を止める。

もう一度、風の匂いを嗅いでみる。やはりウサギの匂いはしない。遠くから運ばれる雨の匂いと、草木と、知らない花の香りの混ざり合った匂い。

サミュエルが自分を抱きしめ、『ウサギだと思ったのに、猫がいたね』と囁いた、遠いあの日と同じ匂いがここにはない。

見覚えのない景色。知らない匂い。リルの知らない世界。

急に怖くなり、引き返そうとしたリルの腕を、何者かが摑んで引き寄せた。あっという間に茂みに連れ込まれ、後ろから口を塞がれる。

「んんっ！」

「やっぱり私を追いかけてきましたね。予想通りです」

「んっ、放して！」

腕を払って振り返ると、すぐ傍に新緑色の瞳があることに気がついて体を反らす。

「あなたを追いかけてきたんじゃない。鈴をなくしてしまったから、探しに来ただけよ」

油断してはいけないと、きつく睨みつけながら言う。ウィリーは何も感じないのか、涼しい顔をして前髪の乱れを指で簡単に直した。

「やはりあなたは、普通に話すことが出来るのですね」

「あっ……」

油断しないと決めたばかりだったのに、もううかつなことをしている。

「なぜあのような頭の足りない話し方をしているのかはわかりませんが、その様子ですと、どうやら本当に自分を猫だとは思っていないようです」

「何を言って、あっ！」

景色がひっくり返り、青空が見える。金でもない、赤でもない美しい色の髪と新緑の瞳。青を背景にした青空色の薄布。

両手を摑まれ、押し倒されたのだと気がついたのは、一瞬遅れてからだった。

「叫ばないで下さいね。人に見つかると面倒ですから。あなただって、こんなところをサミュエル様に見られたら困るでしょう？」

「……困るのは、あなたの方だけだわ」

リルを部屋に閉じ込めて出さないほど嫉妬深いサミュエルのことだ。こんな場面を見てしまったら、その場でウィリーの首を刎ねかねない。

「そうでしょうか？　嫉妬に狂い、あなたのことを殺してしまうかもしれませんよ？」

「そんなことは」

ない、とは言えなかった。リルがウィリーに興味を持っている素振りを見せてしまった時、サミュエルは明らかに不機嫌で、リルに冷たく当たった。サミュエルが嫉妬に狂う姿をまだ見たことはないが、その時に片鱗《へんりん》は見たと思う。サミュエルが本気になってしまった時のことを想像すると、背筋が凍りそうになる。

リルが抵抗しないとわかると、ウィリーは大胆になった。リルの顔にかかっていた前髪を払い、両手で頬を包み込み、唇が触れそうなほど近くに顔を寄せて来た。

唇を奪われてしまうのではないかという緊張に体が強張る。後のことなど考えずに逃げればいい。だが、リルの動きを阻んでいるものがある。それは恐らく恐怖心だけではなく、好奇心と呼ばれる類《たぐい》のものだった。

これから何を言われるのだろう。不安と期待が交錯《こうさく》し、胸を過《よ》ぎる。

「やはり、よく似ています」

「誰に？」

大きく動かすと唇同士が触れてしまいそうで、囁くように尋ねる。

「私は職業柄、これまで様々な国を回ってきました。熱する砂漠の国、一年中氷で覆われた国、奇妙な色の動物たちが住む国。たくさんの国の人たちを見ていると、徐々にわかってくるものがあります」

「それは、何？」

「顔ですよ。一見、よく似た顔つきに見えても、その実、国によってまったく違う顔をしているのがわかるんです。たとえ、隣国であったとしても」

鳴ったのは、どちらの喉だったのか。どちらにしても、二人は息苦しいほどの緊迫感に包まれた。

「私はこの容姿と声で、各国の貴人に取り入ってきました。隣国では、王家の城にも招かれ、一曲歌ったこともあるのですよ。

あなたの顔、隣国の三人の王女様たちによく似ていらっしゃる。お三方とも、あなたのように美しい女性でした」

その言い方に少し違和感を覚えたが、その違和感の正体がわからぬまま黙っていると、ウィリーが楽しそうに続けた。

「その時も、春を待つ花の歌を披露しました。陛下をはじめ、みなさんとても喜んで下さって、たくさんの褒美を頂いたものです」

頭の中で歌が聞こえる。春を待つ花の花。隣国に昔から伝わる素朴であたたかい歌。

この歌を初めて聴いたのはいつだったか。もう覚えていないほど遠い昔、自分を愛してくれている大きな手に包まれながら聴いたのではないか。

お世辞にも上手とは言えない、調子外れの太い声。それでもメロディーの美しさと、リルへの想いは十分に伝わってきた。

「お父様……」

呟いてからはっとして、ウィリーを突き飛ばす。芝にお尻をつけたままずりずりと下がると、したり顔のウィリーと目が合った。

「末の王女が行方不明になって十年。未だに王家は総出で、あなたの行方を追っているようでしたよ」

——そんなはずがない。

リルは咄嗟に思った。

王だけは、あの時も、そして十年経った今でも、身を案じてくれているかもしれない。だが、それ以外の誰が探してくれているというのだろう。誰がリルが国に帰ることを望んでいるだろう。

姉たちがバスケットにお菓子をたくさん詰め、湖の畔にピクニックに行く様を、小さなリルは窓から眺めて羨《うらや》ましく思っていた。行きたいとねだっても、ただの一度も誘ってはもらえなかった。

王妃だってそうだ。姉たちには毎日新しいドレスを買い与えていたのに、リルは下着の一枚ももらったことがない。労働こそさせられなかったものの、まるで使用人と同じようなみすぼらしい服を着せられ、日の当たらない部屋で毎日を過ごした。

後ろめたいところのある王は、癇癪《かんしゃく》持ちの王妃に何も言うことが出来ず、申し訳なさそうに時々お菓子や服を差し入れてくれたが、王妃に見つかれば全て没収された。

楽しみは、一年に一度の誕生日だった。この時ばかりは王も王妃の目を気にすることなく、リルに贅沢をさせてくれた。あの日着ていた白いドレスだって、綺麗に手入れされた髪や爪だって、誕生日だからこそ与えられたものだった。

「あなたが望むのなら、ここから逃がし、隣国へ連れて帰ることも出来ます。一緒にこの檻の中から逃げ出しましょう？　絶対に悪いようにはしませんから」

張り付いたような綺麗な笑顔で伸ばしてきた手を、リルは軽くはたいた。

「何を言ってるのかわからないわ。私は、ここから出るつもりはないの」

「ここにずっといても、待っているのは死ですよ？　あなたは生きたいのでしょう？」

「……もう、私のところには来ないで」

心がぐらついてしまうから。惜しまぬ愛情を注いでくれた王にだけでも、一目会いたいと思ってしまうから。

リルは立ち上がると脇目《わきめ》も振らずに走り出した。

あの嵐の夜、思い出してしまったことは、再び忘れたつもりでいた。ふりをしているのではなく、本当に忘れてしまったのだと、自分に言い聞かせてきた。

心の奥深くに閉じ込めていたはずだったのに、少し切れ目を入れられただけで、そこから記憶が溢れ出してしまった。

猫には振り返る過去など必要ないというのに。

図書室に戻ったリルを待っていたのは、窓際のスツールに腰掛けて、無表情で外を見るサミュエルの姿だった。

髪や服に芝をたくさんつけたリルを見て、訝しげな顔を見せたが、波が引くように元の無表情に戻り、無言でその芝を取った。

目を合わせようとしてくれない。どうして鍵が開いていたのか問い詰めようともしない。何も言ってくれないサミュエルが、リルの目には全てを諦めているように見えて哀しかった。

「鈴を、窓から、落として」

聞かれてもいない言い訳を並べる。

「鈴を、探しに、外に……うっ、ひっく、ひっく、鈴を、なくしちゃって、でも、見つからなくて、ひっく、ひっく」

鈴を探しに外には出た。だけど結局、鈴を探すことはしなかった。半分本当で、半分は嘘だ。

「鈴をなくして、ごめんなさい。王子様がくれたもの、なくしてごめんなさい。リルのこと、叱ってもいいから、嫌いにならないで」

哀しくて、苦しくて、涙が溢れて止まらない。

「ごめんなさい、王子様、鈴をなくして、ごめんなさい。リルのこと、嫌いにならないで」

何度も謝ってしまうのは、鈴を失くしてしまった以外に後ろめたいことがあったからだ。勝手に部屋を出たこと、ウィリーに軽くでも抱きしめられてしまったこと、嘘をついたこと。だけど一番後ろめたかったのは、一瞬でも、外の世界を懐かしんでしまったことだった。

「ごめんなさ……ひっく、ごめ、ごめっ」

喉が震えて上手く言葉を発することが出来ないでいるリルの頭の上に、ふわりと手がのせられる。ブルーグレーの静かな瞳がリルを覗き込む。

「鈴は使用人に探しに行かせるから心配しなくていい。もう泣かないで」

底の見えない深い湖のような瞳。投げた小石の行方は、わからない。

「部屋に戻って、お風呂に入ろう。君、随分と汚れてしまっているからね」

小石の行方はわからなくとも、出来た波紋《はもん》は音もなく広がり、心をざわめかせる。

「さあ、行こう」

引かれた手を軽く引き戻し、不安な瞳をサミュエルに向ける。

「リルのこと、好き？」

今まで無だった表情が、ふわりと柔和に崩れた。愛しそうにリルの頭から頬を何度も撫で、淡く唇と唇を重ねると、無垢《むく》な笑顔で言った。

「大好きだよ、リル。……たくなるぐらいね」

6.

激しく愛された日の朝はだるくて、起きるのが面倒になる。白い光のなかでまどろみながら、隣で眠る人の体に手を伸ばし、くすぐったりつねってみたり、何度も唇を啄み合ってじゃれ合うのもまた幸せな時だ。

だけどここ数日、リルはそんな幸せな朝を迎えていない。

夜になるとサミュエルはリルをリルの部屋に閉じ込め、鍵を掛けてしまう。一緒に眠りたいとねだってみても、風邪をひいているからと、いたって元気そうな声で突っぱねられてしまう。

日課だった中庭への散歩も連れて行ってもらえず、図書室でのおやつの時間も与えてもらえなかった。

身の回りの世話は、リルが初めて見るメイドがやってくれた。あの眼鏡のメイドがどうなったのか、怖くてサミュエルには聞けない。もしもあのメイドがくびになったのだとすれば、図書室の鍵のことだろう。鍵のことを問い詰められれば、メイドはウィリーのことを話すかもしれない。そうなれば、ウィリーとリルがこっそり会っていることもばれてしまう。それをサミュエルが知っていると想像するだけで、叫び出したい気持ちになる。

朝起きて、シャワーを浴び、ご飯を食べて、おやつを食べて、寝るまでずっとこの部屋の中で過ごさなければならない。その間、サミュエルはたまに絵本を持って様子を見に来るが、指一本触れようとはしない。

サミュエルが城を離れている時にもリルは孤独だったが、その時はあと何回寝ればサミュエルが戻ってくるかわかっていた。だが、今は、いつになったらリルを抱きしめて一緒に眠ってくれる日がくるのかわからない分、辛い。

リルはベッドの中で丸まって、鉄格子によって縦に分割された夜空を見つめた。夜は怖い。夜、一人ではいたくない。

「王子様……」

淋しさに、涙で枕を濡らす。

サミュエルは、リルと離れて眠って淋しくないのだろうか。淋しかったらきっと、部屋の鍵を開けて迎えに来てくれるはず。だけど隣の部屋からは物音一つしない。どうやらサミュエルはぐっすりと眠っているようだ。

リルは首についた鈴を指の先で弾いて鳴らした。結局あの後、使用人によって探し出された鈴はリルのもとに戻ってきた。

――無残な姿となって。

スズランと羽根を縦に引き裂くように太い傷が入り、そのせいか、音も濁《にご》って前のように綺麗な音色ではなくなってしまった。傷を見て泣きそうな顔をしたリルを見ても、サミュエルは顔色一つ変えず、薄く笑ってそれをリルの首につけた。

いつものサミュエルだったら、きっとすぐに別のものを用意させただろう。好意的に見れば、傷がついても価値が失われないほど貴重な鈴なのかもしれない。けれど、捨てずに取っておくことはあったとしても、リルの首に付けることはしなかったはずだ。

リルはサミュエルにとって、髪の先まで美しい猫でなければならないのだから。

もしかしたら。

リルの心に疑惑が芽生える。

鈴の傷は、サミュエルがわざとつけたのではないだろうか。汚れた猫には、醜い傷がついた鈴が丁度いいと考え、自分の手でわざと。

あながち間違った考えではないような気がして、苦しくなって寝返りを打つ。

「王子様……」

淋しいのは自分だけなのだろうか。いつだってサミュエルが自分よりも淋しそうに見えていたのは、リルの錯覚だったのだろうか。

「……サミュエル」

その名前を呟いたら、涙が止まらなくなった。それと同時に、しばらく愛してもらえていない体が熱く疼いた。直接的な快感ではなく、体はぬくもりを求めている。これまで当たり前のようにあったぬくもりが、急に消えてしまったことに戸惑い、心も体もおいてけぼりにされてしまっている。

サミュエルと口づけがしたい、頭を撫でてもらいたい、抱きしめて、体中を愛撫《あいぶ》して奥までしっかりと熱を感じたい。

指は自然と下腹部に伸び、下着の上から疼く場所を押さえた。

「んっ！」

思った以上に強い刺激に驚いて、慌てて手をひっこめる。しばらくしてからまた、そろりそろりと指を伸ばし、下着の中に手を入れる。

「ん……は……」

最初に触れた時は刺激を感じたのに、改めて弄ってみると、サミュエルがくれる刺激にはほど遠く、火照った体を沈めるにはいたらない。

「あ……はあ……」

サミュエルがしてくれているのを真似て、花びらを開いて硬い場所を剥き出しにし、引っ張ったり押したりしてみたが、気持ちよさは感じるものの絶頂を迎えるまではいかず、却って体に火を点けただけで終わった。

サミュエルの体でなければ、熱を冷ますことも、淋しさを埋めることも出来ない。リルは頭から毛布をかぶると、小さな声で泣いた。

今はただ、サミュエルに抱いてもらいたかった。

図書室に連れて来てもらえたのは、鈴を失くした日から七日後のことだ。

その日サミュエルは朝から機嫌がよく、久しぶりに丁寧にリルの髪を梳きながら言った。

「今日の午後、経済の授業がある。その間、図書室で本を読んで待っていてくれるかい?」

鏡に映ったリルが、あまりにもマヌケに口を開けたからだろう。サミュエルは吹き出すと後ろからリルを抱きしめ、耳たぶに唇を寄せた。

このところずっと疼いていた体は、簡単に反応して奥を熱くしたが、それを悟られないように静かに息を吐いた。

「図書室、行ってもいいの？」

「もちろんだ。昨夜、図鑑が届いたんだ。すぐに見たいだろう？」

「わあ……！」

感嘆の声を上げて、首の前に回された腕にしがみつく。図鑑も嬉しかったが、サミュエルがそれを憶えていてくれたことの方がもっと嬉しかった。

サミュエルを急かして図書室に行くと、机の上には真新しい匂いのする分厚い本が、十冊も積み上げられていた。

それぞれに『生物』『植物』『天気』『星』というようにタイトルがつけられている。表紙はそっけない箔押しだったが、一ページ目を捲ったらすぐに鮮やかな色の挿絵が目に飛び込んできた。

「素敵！　とっても、素敵！」

目を輝かせると、素早く引き寄せられて唇を奪われた。

「んっ……」

数日ぶりの口づけは最初から激しく、唾液をすする音を立てながら交わされた。貪欲な舌先は少し擦れるだけで痺れるような快感を得て、下腹部を熱くする。

「ふっ、んぁっ」

全身の力が抜けて立てなくなり、サミュエルにしがみつく。カラカラに乾いた自分の喉に水を与えるかのように、リルは夢中でサミュエルの舌を貪った。

息が荒くなってきた頃、サミュエルが突然リルの両肩を摑み、そっと体を放した。リルの濡れた唇を指で拭い、穏やかな瞳で言う。

「そろそろ行かないと、遅刻するから」

「あ。う、うん……」

そうだった、サミュエルはこれから授業があるのだった。肩透かしを食らい、リルは膝を折り曲げて、すとんとソファーに腰掛けた。

肩を落とすリルを慰めるでもなく、足早に図書室を出て行ったサミュエルと入れ替わるように、メイドが入ってくる。

「あ……？」

思わず声が出る。あの、いつもの眼鏡のメイドだ。

「本日のおやつはレモンメレンゲパイと、ラズベリーのマシュマロでございます」

事務的な口調でリルの前にトレーを置き深く頭を下げるメイドに、恐る恐る聞いてみる。

「最近、いなかった。どうして？」

「サミュエル様より、顔色が悪いので数日休むようにと仰《おお》せつかったものですから」

細い目はどこを見ているかわからなかったが、その声には若干の不満が含まれているように聞こえた。だが、それ以上追及することはせず、リルは納得したふりをしてホットミルクの入ったカップを手にした。

「他に何かご入り用のものはございますか？」

儀礼的に問われ、いつものように一応悩むポーズを取った後、首を横に振った。

「ない」

「そうでございますか。では、失礼致します」

後ろを向いたメイドの背中に、リルは一言、声を掛けた。

「今日は、鍵を掛けて」

びくりと、やせ細った肩が動く。ほんの少しの間の後、背中を向けたまま答える声が聞こえた。

「承知致しました」

振り向くことなくメイドが部屋を出て行ったあと、外側から鍵を掛ける音がした。リルはほっとすると、ソファーの背もたれに深く体を埋めた。

本当にこれで後悔しないのか。

心の中で自分に問う。もう、一生繋がることはないだろうと諦めていた縁が、細い糸で繋がったのに、自ら切ってしまうとは。

たとえば、せめて、手紙だけでも——。

いや、やめておこう。そんなものを届けても偽物と思われて終わりそうだ。よしんば本物と認められたとしても、今度は本気で行方を捜され、この城に兵を向けられかねない。それに、あの旅芸人たちはこの辺りには一週間ほどの滞在だと言っていた。どちらにしても、もうウィリーと会うことはないだろう。

これで、よかったのだ。

軽く首を縦に振り、気を取り直してカップを口に運ぶ。人肌より少し熱めにあたためられたミルクを飲んだら、先ほどの情熱的な口づけの感触が鮮烈《せんれつ》に蘇ってきた。

サミュエルはもう、自分に愛情を持っていないのだろうか。性欲処理にすら使おうとも思えない、飽きた玩具になってしまったのだろうか。

心の哀しみとは反比例するように、体はサミュエルの熱を求めて欲情する。すでに硬くなった胸の先が、息をする度ドレスの内側に擦れて気持ちがいい。

サミュエルの唇の感触を思い出しながら、ドレスを捲って手を伸ばす。胸を擦っているのはサミュエルの舌、下着の上から硬い部分を押しているのはサミュエルの指。

そんな想像をしながら割れた部分を擦り上げる。

「あ……あ、王子様、はっあっ……」

しっとりとした肌。汗の匂い。熱い吐息。全身に落とされたキスの感触。中に入ってくる時の圧迫感。奥を激しく突かれる衝撃と快感。

ひとつひとつを思い出しながら、指を動かしていたら、下着が濡れて張り付くほど、いやらしい匂いのする雫が溢れて来た。

これでは本当に、さかりのついた猫だ。

「あっ、王子様、そこ……もっと……」

この前よりはずっと気持ちよかったが、サミュエルの慣れた指使いならもうとっくに達しているはずのタイミングでも、やはりなかなかイくことが出来ない。脱いでしまおうと下着に手をかけた時、扉の向こうから聞き取れないほど小さな声が聞こえ、鍵の開く音がした。

慌ててドレスの裾を下ろし、乱れた髪を整えてソファーに座り直す。

てっきりサミュエルが戻ってきたと思ったのに、開いた扉から入ってきたのはウィリーだった。その後ろでは、眼鏡のメイドが心配そうに眉を顰めて立っている。

ウィリーはリルの姿を確認し、室内をぐるりと見渡した後、メイドを振り返って言った。

「ありがとうございます。あなたはもう下がっていいです」

自分がこの城の主であるがごとく言うウィリーに、リルは気分が良くなかったが、メイドはまったく気にする素振りがないどころか、ほんの少し唇の端を上げているようにも見えた。

「ウィリー様、約束は守って下さいね」

「ええ、わかっていますとも」

ウィリーは扉を半分閉じて、自分とメイドの姿をリルから隠す。ひそひそと話す声が聞こえ、戻ってきたのはウィリー一人だけだった。

扉が閉まり、外から鍵がかけられる音がした。この部屋は、中からでも鍵がないと開けられないようになっている。つまり、密室に二人取り残された形だ。乱暴をされることはないと思うが、どんなことを言われても逃げる道はない。

緊張で体を強張らせるリルに、思いの外淋しそうな声が掛けられた。

「今日はお別れを言いに来ました」

「え?」

「明日の午後、ここを立ちます。最後に一目お会いしたくて、彼女に無理を言って入れて頂きました」

「明日、いなくなるの？」

言葉の端に戸惑いが滲み出てしまったことに気づかれたのだろう。それを聞いてウィリーの眉が妖しげに上がった。

「何か心残りはありませんか？　あるようでしたら、今のうちに。今なら、まだ間に合いますから」

唇を噛んだまま答えないリルに、ウィリーが一歩近づく。

「何を迷っているんですか？　死にたくないのでしょう？」

「……生きたい」

ウィリーは自分が望んだとおりの答えに誘導されるように、また一歩近づいてくる。

「この城の使用人たちはよく飼い慣らされています。あなたが自力で隣国に帰ることは不可能でしょう。さあ、私に何か願い事は？　言伝でも、手紙でも何でもお預かりします。もちろん、あなたの身を預けて下さっても構わない」

「預けるものなんて何もないし、相手もいないわ」

「そうですか」

涼しげに笑う顔が少し怖くて、リルの背中に汗が滲んだ。

「戦争とは無関係に、隣国が危機を迎えていた時のことを、あなたは知らないのでしょうね」

急に話題を変えられて、戸惑う。

「何を言いたいの？」

「知りたければ、私について来て下さい」

「またそれ？」

「今度は部屋の外ではありません。この国の外までです。これから私が話すことを聞いたら、そうせざるを得なくなると思いますよ」

思わせぶりな口調に、苛立ちが増す。

これが彼の手口なのだ。情報を小出しにし、リルの興味を引き、口車に乗せようとしている。わざわざ別れの挨拶《あいさつ》をしに来たのもそうだ。明日限りと言えば、リルも焦って引き留めるだろう。全て、ウィリーの作戦なのだ。

わかっていても、やはりその先を聞きたくて、リルはもどかしげに爪を噛んだ。

「内容がわからなければ、一緒には行けない」

「一緒に来て頂ければ、話します」

「話してくれなければ決められない」

こういうやり取りも、計算の内なのだろう。余裕の笑みを見せるウィリーが少し憎たらしい。彼はわざとらしいぐらいたっぷりと時間をかけて、前髪や服の裾を直すと、リルに向き直った。

「あなたが言うことはもっともです。では、ちゃんとお話ししましょう」

ここまで引っ張られてしまうと、否が応でも緊張し、真剣に耳を傾けてしまう。リルの喉がこくんと小さくなった音を聞くと、ウィリーはどこか満足そうな顔で続けた。

「隣国には、王位継承者である王子が一人と、妹王女が四人いたらしいですね。行方不明になっている末の王女だけは妾腹だったようですが」

何を言われても顔には出さず黙っていようと決めて唇を噛む。

「王妃と三人の王女が、去年お亡くなりになったことは知っていますか？」

「え!?」

決心はどこへやら、顔どころか全身を使って驚いてしまった。

「一体何があったの？　まさか、戦争で？」

「戦争は関係ありません。疫病ですよ。幸い、発病した人間の隔離が早かったようで、被害はそこまでは広がりませんでしたが、それでも数百人の国民が命を落としたようです」

「どうして、よりによっておか……王妃と王女たちが？」

「王女たちは、湖へピクニックに行く習慣があったようですね。そこのボート小屋の管理人が旅先で病をもらってきてしまったようです」

「あ……！」

そういえば、王女たちはピクニックが大好きだった。バスケットと白いパラソルを持ち、甲高い笑い声を発しながら馬車に乗り込む姿を見て、リルは何度哀しみのため息をついたことか。

「もちろん感染に気がつかない王女たちは、その足で従者たちと共に王妃の住まう小宮殿へ戻りました。戦火から逃れるために、女性たちはみな本城には住んでいなかったようですね。それが幸いして、陛下と王子は難を逃れたようですが、王妃と王女、それから傍にいた従者たちは、皆」

最後に切られた言葉の続きを聞かずとも、言いたいことはわかった。

だが、にわかには信じられない話だ。上手いことを言ってリルを外に誘い出す作戦かもしれない。リルは世間知らずではあったが、さすがに簡単に信じられる話ではない。

「その話を信じろと？」

「いえ、強制はしませんよ。ただ、王妃と王女たちを一度に失った陛下は酷く落胆し、今、戦争の指揮をとっているのは実質、王子のようです。とても老け込み少しぼけてきているとも聞きます。遠い目をしては、せめて末の王女に会いたいと嘆いているそうです。そんな陛下を見て、少しでも生きる希望を持って頂こうと、王の周囲の者は総出で末の王女の行方を追っているというわけです」

信じたくない話だった。記憶の中の王は精悍《せいかん》で、屈強で、懐《ふところ》の広い男性だった。戦争をしているという話を聞いた時には、自ら剣を持ち、先陣を切る姿がすぐに思い浮かんだものだ。王妃の癇癪《かんしゃく》に手を焼く姿は度々見かけたが、決してひ弱な人ではなかった。それが、老け込み、ぼけてしまっている姿など想像もつかない。

だが、愛する者たちをいっぺんに失ったのが本当だとしたら——。

おぼろげな記憶だが、侍女に手を出しリルを産ませる前までは、王妃は情の深い女性だったという話を聞いたことがある。姉王女たちとの間はもちろんのこと、王と王妃の間には、ちゃんと愛情の繋がりがあったのだろう。

「お可哀想な陛下。心労でお亡くなりになるようなことがなければいいのですが」

ウィリーの言葉が畳みかけるように心を揺さぶる。

もう、とっくに父親への未練など立ち切っていたつもりだったのに、いざ、現状を知らされると心が揺れる。まだ城で暮らしていた時の記憶が蘇っていく。

王以外の全ての者が敵に見えた。たまに会える王だけが、唯一の味方のように思えた。記憶を失くしている間も、王の存在だけは決して心の中から消えることはなかった。

サミュエルの傍を離れたくはないが、王には一目会いたい。会って少しでも安心させてあげたい。

涙が溢れそうになったその時だった。

扉の鍵を開ける音がして、さすがのウィリーも目を見開くと扉を振り返った。

今度こそきっとサミュエルだ。こんなところを見られては——。

リルがそう思うよりも先に、ウィリーがさっと本棚の奥に身を隠す。素早い身のこなしは、風が通り過ぎていくかのごとくだった。

図書室に入ってきたサミュエルは、リルの顔を見て心なしかほっとしたような表情を見せた。本当はリルの方がよほど安堵しているのだが、それを見せないようにサミュエルに駆け寄る。

「王子様、どうしたの？　お勉強、どうしたの？」

あまり上手く笑えていなかったようだ。サミュエルは眉間に皺を寄せると、リルの頬に手を置いた。

「目が赤い。もしかして泣いていたのかい？」

「えっと……」

慌てて言い訳を探し、机の上の本に目をやる。

「読んでいたお話が、哀しかったの。だから、少し、泣いた。本を読んで、泣いた」

リルの視線を辿り、サミュエルも本に目を向ける。そして少しの間の後、泣いているような笑っているような、不可思議な顔で再びリルを見た。

「図鑑を見て泣けるなんて、リルは器用なんだね」

「あ……！」

すぐに自分の失態に気がついたが、すぐにそれを取り繕えるほどリルは器用ではなかった。手の平に嫌な汗が滲むのを感じながら、この先に発するべき言葉を探していると、突然サミュエルが抱き寄せて唇を重ねてきた。

「んっ、あっ……王子様……」

うっとりと吐息を漏らすリルの頭を撫で、サミュエルがとろけるような優しい笑顔を見せる。

「先生の体調がよくないようで、今日の授業は休みになった。だから、リルとずっと一緒にいられるよ」

「わあ、本当!?」

今度は心からの笑みを見せることが出来た。ウィリーの話ですっかり治まっていた体がまた疼き始める。そんなリルの体を知ってか知らずか、期待に応える言葉が返ってきた。

「今日は久しぶりにリルを抱きたい」

「うん……！」

喜びのあまり勢いよく抱きつくと、サミュエルは軽く後ろによろめきながら苦笑した。

リルを可愛いと思ってくれたのか、それとも、どうしようもないさかった猫と思ったのか、どちらなのかはわからない。どちらでも構わない。サミュエルが自分を求めてくれていることが嬉しい。

セックスは好きだ。最中は、余計なことは一切考えなくて済むから。サミュエルの熱だけを感じ、サミュエルだけを愛していればそれでいいのだから。心がざわめく日はなおさら、激しく抱かれて全てを忘れてしまいたくなる。

ウィリーの言葉に惑わされるのはやめよう。彼がどこまで本当のことを話しているかなど、自分にはわからないのだから。

「部屋、帰ろう？　早く、帰ろう？」

すぐにでもここを出たくて腕を引っ張るリルを逆に引き寄せ、サミュエルがテーブルの上に押し倒す。

「今すぐ、ここで抱きたい」

「え……ここで？」

顔を強張らせてしまったのも無理はない。何しろ、奥にはウィリーが身を潜めているのだ。こんなところで始めたら、全てを見られてしまう。使用人たちにも何度も見られているが、彼らはリルにとっては人形のようなものだ。だが、ウィリーは人間だ。人間に行為を見られたことはまだ一度もない。

「お部屋が、いい。ベッドの上が、いい。ここじゃ、イヤ」

「僕はここがいいんだ」

「リルは、イヤ」

「言うこと聞かないとダメだよ。僕の可愛い猫」

サミュエルの瞳から、光が消えたように見えた瞬間、ドレスの胸元をずり下ろされていた。引き戻そうと伸ばした手を摑まれて、胸の先を甘く食まれた。

「ふぁっ！」

下腹部の蕾を自分で触っていた時よりもずっと強い快感に体を捩る。焦らされて待ち焦がれていたサミュエルが与えてくれる刺激を、体はここぞとばかりに拾い集めていく。

「あぁっ……ん、部屋、戻って、から」

「僕がもう我慢出来ないんだよ」

そこに甘い蜜でも塗ってあるかのように、ちゅっちゅとわざと大きな音を立てて吸いつかれれば、蕾はあっという間に硬くなり、ぴんっと立った。硬さと快感は比例して大きくなり、じっとしていることの出来ない体が小刻みに揺れる。

このまま、白い波に呑まれてもいいと思った時、ふと視線を感じて横目に本棚の奥を見た。ほんの少しはみ出した薄布はウィリーのものだ。よく見ると、棚と本の隙間からこちらを見つめる瞳があるのがわかる。戸惑いと興奮と欲情を混ぜたギラギラした瞳がこちらを見ている。

「あっ、やっぱり、ここは、イヤ。部屋に、帰る！」

首を横に振ってサミュエルの肩を押すと、ようやく唇が離れる。その代わりにリルを待っていたのは、冷たくも哀しくも見えるブルーグレーの瞳だった。

「どうして抵抗するんだい？　君はそんなに言うことを聞けない子だったかな」

「そうじゃなくて、ベッドが、いい、だけ」

切れ切れに言葉を繋ぎ、声を震わせる。

「これまで、外でも、図書室でも、何度もしてきただろう？　どうして今日に限ってダメなんだい？」

試されているような気がした。

サミュエルは、室内にいる他の誰かの存在に気がついていて、わざとリルを試しているのだ。

——何を試しているのだろうか。

このまま従順な猫でいられるかどうかだろうか。室内に潜む他の誰かに好意を持っているかを確かめるためだろうか。そうであれば、サミュエルとの情事を見られるのを頑なに拒むだろう。

拒めば、サミュエルに疑惑の念を植え付けてしまう。受け入れれば、全てをウィリーに見られてしまう。ウィリーに特別な感情はまったく抱いていないが、さすがにそれは嫌悪感がある。

「ねえ、どうして嫌がるんだい？　理由を教えてよ」

答えられないでいると、サミュエルの視線はリルの頭の上辺りに注がれた。

「おやつにはまったく手をつけていないんだ。甘いものが大好きなリルなのに、珍しいね。もしかして、食べる暇がなかったのかい？」

やはり、サミュエルは気がついている。自分以外の誰かが、部屋に潜んでいることを。

だけどわざと気がつかないふりをしている。

「どうしてどの質問にも答えられないんだい？　もう一度聞くよ。君はここでセックスするのが嫌なの？」

サミュエルの苛立ちが手に取るようにわかる。自分の中で答えを出したリルは、言葉を発するために唇を開いた。

「王子様、私……んくっ！」

突然口の中に何かの味が広がり、何が起こっているのかを理解するまでに数秒掛かった。

「ほら、ちゃんと舌を動かして味わうんだ。君の大好きなおやつだろう？」

「んんっ、んっ」

仄かに感じる酸味と甘み。これは、レモンメレンゲパイの上にのっている生クリームだ。こうやって口を塞がれていたら、答えを告げることが出来ない。サミュエルに気持ちを伝えることが出来ない。

さっきまで執拗に答えを求めていたはずなのに、今度はそれを阻んでいる。

「んっ、王子、様っ、あむっ、んくっ、ぐっ……」

喉の奥の方にまで指を入れられて、思わずえずく。さすがに指を外してくれたが、リルはむせて何度も咳をしてしまった。

「こほっ、王子様、私、こほっ、こほっ」

なんとかして言葉を発しようとするリルを、冷ややかな視線が射抜《いぬ》く。ふとした時に冷たい目をするサミュエルだったが、これまでの類のものとは違い、明らかにリルを蔑んでいるような目だった。

「王子、様、こほっ、こほっ」

「うるさい、黙れ」

「え……あっ！」

驚くリルを、再び刺激が襲う。サミュエルはすくった生クリームを今度は胸の先に塗り、それを吸い取るように舐め始めた。

「ふあっ、はあっ、んぁぁ……ひゃぁっん……」

赤い輪に沿って円を描くように舌を動かされ、たまに歯を立てられて先を食まれ、頭の中が少しずつ破壊されて行くような錯覚に陥る。

「君はこうされるとすぐに黙るよね。本当に、快感には抗えないバカな獣なんだから」

「あぁ……そんなこと、そんな、こと、言わないで……」

「本当のことを言って何が悪いんだい？　ゴミ屑みたいな汚い獣を、こうやって可愛がってあげてることだけでも感謝してもらわないと」

「そんな、そんなこと、そんな哀しいこと、言わないで……」

ぴたりと、サミュエルの動きが止まった。ゆっくりと顔を上げた瞳の色のあまりの暗さに、息が止まりそうになる。ブルーグレーの瞳は、もっと美しく綺麗な色をしていたはずだ。

この瞳をどこかで見たことがある。嵐の夜、『一緒にいて』とリルに懇願してきた時の目と同じ色だ。

「王子様……あっ！」

サミュエルの手がスカートの中に入り込み、下着を触った。お尻の方まで下着が濡れていることに気がつくと、一瞬手が止まったが、すぐに敏感な部分を探り当てて強く押した。

そこから雷が発生したかのように、頭の天辺まで一気に痺れ、リルはびくんっと体を反らした。

「あっ、はっ、あぁん……んんっ」

「どうしてもうこんなに濡れているんだい？　もしかして、あの後一人でしたの？　だからおやつも食べられなかったの？」

そこで一旦言葉を区切り、下着を脱がすと、濡れた指をリルの鼻先に当てた。リル自身の匂いが鼻の奥をツンと刺激する。

「それとも、他の誰かに触られて、こんなになったのかい？」

「そんなこと！　んむっ！」

下着を口の中に押し込められて、話せなくなる。下着を取り出そうとした手は頭の上でテーブルに押し付けられ、リルの髪を飾っていたリボンで縛られた。

「リルはいやらしい猫だから、誰に触られても気持ちよくなるんだね」

脚を大きく持ち上げて、サミュエルが花びらに口づける。沁み出した蜜を舌でかき集め、硬い部分を唇で挟んで左右で弄られれば、気分が昂揚してきて頭が真っ白になり、何も考えられなくなる。

事に及ぶ前に、しっかりと気持ちを伝えたいのに、サミュエルを受け入れると告げたいのに、喉の奥まで入れられた下着のせいで声が出ず、もがくことしか出来ない。

きっと、サミュエルは誤解しているのだろう。リルが口を開けば、自分を拒む言葉が飛び出すと思っているのだろう。それが、信用されていない証のように思え、とても哀しい。

だが、追い返すことだって出来たのに、リルは内緒でウィリーと会っていた。信用を損なうことをしていたのも、紛れもない事実だった。

「んんっ、んぐっ、むっ、ふっ」

「僕にこうされて嫌がってる？　その割には、随分と感じてるみたいだけど。……んっ」

嫌ではない。ずっとこうやってサミュエルに抱かれたいと願っていた。だからこそ体は素直に反応し、蜜を溢れさせているのだ。だがどうしても気になるのは、自分を見つめるもう一つの視線だ。存在を知っているせいか、ウィリーの荒い吐息まで聞こえてくるような気がする。

サミュエル以外の誰にも、こんなところを見られたくなかったはずなのに、リルはいつにない高揚感を覚えていた。久しぶりの快感で体を止められないこともあったが、それに加えて、滅多にない状況が強い刺激となっていた。

他の男が自分の感じている姿を遠くから見て興奮している。もしかすると、聞こえてくるこの荒い息は、我慢出来なくて自慰をしているからなのかもしれない。

この部屋に、自分に対して欲情している男が二人もいる。一人はリルを自由に弄ることが出来て、一人は見ているだけで手を出すことは出来ない。とても不思議で、とても興奮する。

「ん……ああ、もう、君は本当にダメな猫だ。指を入れて欲しくて入り口がひくひくしてるよ」

舌を動かしながら、サミュエルは指を入れてきた。

「んくっ、むぁっ！」

奥をくすぐられ、眉間がじんと痺れた。口に入れられたこの下着がなければきっと、図書室に響き渡るほど大きな声で喘いでいただろう。指だけでこんなに感じていたら、サミュエルのものを受け入れた時、一体どうなってしまうんだろう。悦びで壊れてしまうのではないか。そんな不安と期待が心の中で交錯する。今、リルを支配しているものは剝き出しの欲情だった。

「ああ……もう手の平まで垂れるぐらい濡れてるね。これじゃあ、指一本だけじゃ物足りないだろう？」

「んぐっ、んんっ」

指を二本に増やされて中が軋んで痛い。だが、中から左右、上下に押し広げられ、奥の感じる場所で指を折ったり曲げたりされているうちに、徐々に馴染んで痛みはなくなる。やがて快感に変わり、もっと大きなものが欲しくなる。

「どうしたの、腰を動かして」

自分でも気がつかないうちに、サミュエルに向かって腰を動かしていたらしい。サミュエルは指を抜くと、胸の下にずり落ちていたドレスを摑んでそれを一気に脱がせた。

今やリルを包んでいるものは、小さめのコルセットとガーターベルトのついた絹の靴下、それから赤い靴だけになる。サミュエルのものとは違う視線を全身に感じ、リルは恥ずかしげに足を閉じた。

「どうして隠すんだい？」

サミュエルの爪の先がへその周りをなぞり、つつっと下りて再び割れた場所の表面をなぞる。体の真ん中が痛いぐらい疼いて、今すぐにでも入れてもらわなければ頭がおかしくなりそうだ。

だけどここまで来て、リルに残っていた薄氷《はくひょう》のような理性が、はしたなくねだるのを抑えた。

「は、ず……か、し」

「ここには二人しかいないのに？」

そう、ここには二人しかいないことになっているのだ。サミュエルに対し羞恥心《しゅうちしん》を抱くにしては、裸を見せることに慣れすぎている。

「恥ずかしくないよね？　リルはバカだから、ただの頭の悪い猫だから、僕に隠すものなんて何もないはずだよ」

自分のものを取り出し、入り口にあてがいながらサミュエルが冷ややかに微笑む。リルにはその目が泣いているように見えて仕方ない。

「リルは猫だよね？　僕にこれを入れられて、可愛く喘ぐしか出来ないただの猫なんだよね？」

「んんっ!!」

一気に奥まで貫かれた衝撃で、リルの口から下着が外れて落ちる。追いかけてふと横を向くと、本棚の隙間から見る瞳と目が合った。

「どこを見てるんだい？　何かいるの？」

はっとして顔を戻すと、サミュエルが笑っていた。針金でも入っているかのように不自然に唇の端を上げ、眉も優しそうに下げているのに、目だけは笑っていない。こんな狂気じみた表情のサミュエルを見るのは初めてだった。

「王子……サミュエル。あんっ!!」

言葉を遮るようにサミュエルが動き出す。待たされて、焦らされて、自慰までして持て余していた体が、全身でサミュエルを受け入れて悦んでいる。心は痛いままなのに、リルの体はすっかり、サミュエルに快感を刷りこまれてしまっていた。

「あっ、ひぁっ、あっあっ、んんっ」

「あ……ははっ、凄い締め付けだね。もしかして、ずっと僕とセックスしたかった？　僕のことを考えて、欲情して、欲しくて欲しくてたまらなくなってた？」

「んんっ、あぁっ、ふぁっ、ひゃっ、あんっ……！」

今の自分は、きっと酷い顔をしているだろうとリルは思った。顔を真っ赤にし、口から涎を垂らし、焦点の合わない目でバカみたいにサミュエルを見ているだろう。

「なんて淫乱でいやらしい顔をした猫なんだろう。ねえ、気持ちいいよね？　僕のこれで、気持ちよくなってるんだよね？」

「うあっ、あっ、ふっ！」

もう何も言葉にすることが出来なくてリルは頷くと、さらなる刺激を求めて自ら腰を動かした。奥に存在する丸くて熱い塊が、打ち付けられる度に頭の天辺に向かい競り上がってくる。

「あっ、はあっ、イ、ク……。ダメ、もう、あ……壊れる、壊れちゃう……！」

いっそ、壊れてしまえばいいと思った。そうすれば、何も考えることなくサミュエルの猫でいられる。嵐の夜に記憶を取り戻さなければよかった。出来ることなら、思い出してしまった記憶の欠片を粉々《こなごな》に砕いてしまいたかった。

「王子様ぁ、もっと、激しくしてぇ、リルのこと、イかせて……！」

「本当に、君は淫乱な猫だね」

動きを速められ、サミュエルの背中に回していた両足の先が、徐々に反り返っていく。

「あっ、あっ、あっ、イ、イっちゃう……!!」

目の前に白を流し込まれた瞬間、内腿にぎゅっと力を込めて、意識を失ってしまいそうなのをぐっと堪える。熱い肉棒の形が中ではっきりわかるぐらい強く締め付けたら、サミュエルからもたまらなそうな息が零れた。

「はあ、はあ……イったんだね？」

「ん……気持ちいいよぉ……」

恍惚の表情を浮かべてうっとりしながら抱きつこうとするリルの腕をすり抜け、サミュエルは一度それを抜くとリルの体をひっくり返し、後ろから抱き上げた。

「あ……何を、するの、王子様」

「よく見えるようにしないと」

「何を……あんっ!!」

テーブルに座るサミュエルの膝の上にのせられたと思ったら、両腿を持ち上げられて下から強く突き上げられた。しかも体は本棚の方を向いている。ウィリーが潜む、奥の棚の方だ。

棚の向こうにいる人物には、全てが見えてしまっているだろう。リルの小ぶりの胸も、尖った先の色も、へそから下腹部にかけてのゆるやかなカーブも、それから濡れて光る赤黒いもので突かれる、リルの開いた花びらも全てだ。

「ねえ、リル、君は僕の猫だよね……」

ゆるゆると中で動かされ、イったばかりの体にまた感覚が蘇る。内壁を擦られるのも嫌いではないが、本当は奥が一番気持ちいいのに、サミュエルのものはなかなかそこに到達してくれない。

「君は僕の猫だよね？」

「はんっ……！」

耳たぶを食まれ、耳の中に舌を入れられながら尋ねられる。それはリルに聞いていると
いうよりは、自分自身に言い聞かせているようだった。

「ほら、言ってごらん、僕の猫だって」

指が伸びて来て、繋がった場所の入り口にある硬い蕾を摘まむ。くらくらするほどの快
感に、ぎゅうっと体全体が締まる。

「言えないの？　僕の猫」

「あっ、はあっ」

気持ちはいいが、これだけでは足りない。蕾への刺激だけではなく、もっと奥も突いて
欲しい。リルは物欲しげに口を閉じたり開いたりすると、霞む視界の端に映る、二つの瞳
を見た。新緑の瞳は欲情に光り、今にもリルに飛び掛かってきそうだ。

「ねえ、奥、突いて、王子様ぁ……」

可愛くねだってみても、サミュエルは腰を動かそうとはしない。

「言うことをきかない君には、ご褒美なんてあげないよ。ほら、ちゃんと言って？」

「あ……リルは、王子様の……んんっ！」

突然、奥を強く突かれて言葉が遮られる。こすれ合う場所の隙間から、サミュエルとリルの匂いの混ざり合った半透明の液体が溢れ出す。それはぽたぽたと落ちて、テーブルの上にいやらしいシミを作った。

「んんっ、あっ、やあっ、気持ち、いいっ……！」

「はっ……あ、そうじゃないだろう、リル。さっきの言葉の続きを言ってごらん」

「ふぇっ、リルは……あ、あ……私は、王子様の、猫……」

「言い方がなってないよ。もう一度」

淫らな音を立てながらサミュエルの舌がリルの耳を弄り、指先は一番敏感な部分に刺激を与え、奥は執拗なまでに打ち付けられる。三ヶ所を同時に責められて、リルの体は渦《うず》に巻き込まれる小さな木の葉のように翻弄《ほんろう》されていた。

「リル、言って。ちゃんと、大きな声で」

「んぁっ、はぁ、あっ、あんっ」

「言ってよ、ほら。言うんだ」

「ひぁっ、はっ、あっ、んくぅっ」

「言えよ！　自分は猫だって、はっきり言え！」

サミュエルは、ここにいるもう一人の『誰か』に聞かせようとしているのだろう。リルが自分の猫であることを他人に誇示しなければ、自分が不安になってしまうから。リルにも、そして自分自身にも、改めてリルが自分のものであると『暗示』をかけなければならないぐらい、追い詰められているのだろう。

朦朧《もうろう》とする意識の中で、声を振り絞る。

「リルは、猫です。王子様の、王子様だけのぉ……猫です……」

「もっと大きな声で」

「リルは、王子様だけの猫です……！」

「……いい子だ」

さらに大きく脚を持ち上げられて突き上げられると、あまりの激しさに息が出来なくなった。体中がサミュエルと繋がっていることを悦び、髪の先や毛穴のひとつひとつまでが性感帯になってしまったように、全身が快感に震えている。

「あっ、王子、様、気持ち……い」

「んっ、く……リルは、どこに出されるのが好きなんだっけ？」

「あ……中、が、好き」

「聞こえるように言って」

「はぁ、はぁ……あぁ、中が、中が好きです……！」

小さく笑った声が耳元で聞こえ、中のものが一際大きくなった。中に精を注ぐための助走が始まる。

「んっ、ふ、いいよ、中にいっぱい出してあげる。君は僕に中に出されて悦ぶ、汚い猫だってことを証明してあげる」

「ふあぁっ、んふっ、はぁっ、あっ、あんっ」

「んっ、はあ、いい？　出すよ。んっ、は、あ、くっ、あ、出る、出る……くっ！」

根元が大きくぶるりと震え、あたたかいものが中に広がる。奥の奥まで注がれて、頭の中までそれで侵された気分になる。

「ふ……は……」

例えようもない充足感に包まれぐったりとサミュエルに寄りかかった時、本棚の隙間から覗く瞳と再び目が合った。

二人が繋がった間から溢れた白濁の液が、テーブルの上に新しいシミを作る。

私は、王子様の猫だから——。

リルは本棚の向こうの人物に向かい、そう目で伝えると、首元の鈴が、濁った音を立てた。

あの後すぐに部屋に戻り、今度はちゃんとベッドの上で抱かれた。サミュエルが情熱的に求めてくる様は悦びを与えてくれた。リルが、『誰か』に向かい、自分はサミュエルのものだと宣言したことに対してのご褒美なのだとリルは思った。

夜になっても部屋へ追い返されたりはしない。ちゃんと、隣で抱きしめながら眠ってくれている。

何度もしたお陰で体はだるく、だけど興奮冷めやらぬ頭のせいで眠気は襲ってこない。リルは目の前の窓の外に広がる夜空を、瞬きもせずに見た。星の光が睫毛の先に止まり、少し眩しい。

夜の空には、人間には見えない何億という星が存在していると教えてくれたのはサミュエルだった。見えているのはほんの一部の、輝く星だけなのだと。

人の心に似ているね。

そう言って微笑んだサミュエルの目はとても淋しそうで、思わず抱きついてしまったのを憶えている。

「眠れないのかい？」

気がつくと、リルの目の前には星の代わりに穏やかなブルーグレーの瞳があった。頷き、背中に手を回して甘えるように頬を胸に埋める。

「眠く、ならない」

「そうか、僕もだよ」

それきり、またサミュエルは黙ってしまったから、リルは星の瞬く音を聞いていた。

人の心に似ているね。

星に囁かれたと思ったのは勘違いだった。実際に耳元でサミュエルがそう呟いていた。

「見えているようで、見えていないものがたくさんあるなんて、人の心みたいだ」

「うん……」

素直に頷くと、サミュエルは頭を撫でてくれた。

「戦争が終わったら、リルはどうするつもりだい？」

「え？」

何の前触れもなく振られた話題に、驚いて顔を上げる。サミュエルは、先ほどリルに眠れないのかと尋ねたのと、まったく同じ表情をしていた。

「戦争には負けるだろう。そしたら、僕たちはこの城から追われる。その時、君はどうするつもりだい？」

真っ向から、戦争のことを尋ねられたのは初めてで、戸惑う。これまでも、戦況を聞かされることはあったが、サミュエルはどこか他人事のようで、自分は無関係だと思い込んでいるように見えた。

だけどリルは迷わなかった。星が一回瞬いたのち、すぐに唇を開いた。

「王子様と、ずっと、一緒にいる」

その時、サミュエルの顔が哀しみに歪んだように見えたのは、ゆらめく星の光のせいだったのかもしれない。その証拠に、サミュエルの口角は上がり、可愛らしい笑い声が漏れた。

「リルなら、そう言うと思った」

「うん、そう言うよ。王子様、わかってた？」

「わかってた」

くすぐるように鈴を指先で突き、サミュエルはからかうようにリルの顔を覗き込んでくる。リルは大袈裟に頬を膨らませると、怒ったふりをして肩を軽く叩いた。

「じゃあ、なんで聞いたの？　答え、知ってるのに、なんで聞くの？　王子様、変」

「聞きたかったからだよ」

膨らんだ頬を指で潰し、サミュエルは思い切りリルを抱きしめ、突然背中をくすぐってきた。

「あっ、きゃっ！　あはっ、あははっ、ふふふっ！　くすぐったい、王子様、くすぐったい！」

「こら、逃げるなリル。こらっ」

体を捩って後ろを向こうとした瞬間、さっきより強く抱きしめられて、息が苦しくなった。それでもじっと我慢したのは、耳元に落ちる吐息の気配で、サミュエルが泣いているような気がしたからだ。

「リルは、いなくならないよね」

「え……？」

「隣の国の王様は、王妃と三人の王女を一度に失ったんだって」

自分の耳ではっきりと聞き取れるぐらい、心臓が大きく鳴った。じりじりと喉が焼け付くように痛くなり、頭を強く振られているように眩暈がしてくる。

「それを聞いたら、少し怖くなったんだ。僕もリルを失うようなことになったらどうしようって。隣の国の王様のように、何もする気が起こらなくなって、一日中部屋で眠るだけの生活になるかもしれないって」

体は熱くて額に汗は滲んでいるのに、流れる血は冷えていくような、あべこべで気持ち悪い感覚に吐き気がして目を瞑る。そのまま、眠っているふりをするために寝息を立てた。

「……眠ったのかい？」

優しく問いかける声とは裏腹に、サミュエルはリルから体を放すと寝返りを打ち、背中を向けてしまった。

「夜空って人の心に似ているね」

そう呟いたサミュエルの顔をどうしても見たくなかったリルは、目を瞑ったまま、サミュエルとは反対の方向に寝返りを打った。

やはり夜は嫌いだ。大切なものが見えなくなるから。

『外に星を見に行こう』

サミュエルにそう誘われたのは、リルがこの城にやってきてから三年目、嵐の夜から大分経った日のことだった。

その頃にはすでにサミュエルの授業が終わるのを図書室で待つという習慣がついていて、リルはその間、様々な星の本を読んでいた。

夕刻と明けにだけ見られる金色の星、南の国でしか見られない大きな星、空を十字に横切る星座、繋げるとジグザグが浮かび上がる星座。図鑑でわかる範疇《はんちゅう》ならば、リルにも知識があったが、リルが見ることが出来る星空は小さな窓枠に切り取られた部分のみだったため、本物をまともに見たことはなかった。

たまに中庭に連れて行ってもらえることがあっても、それは昼間のみで夜に外へ出たことはない。

興味をひかれる誘いではあったが、リルは乗り気ではなかった。

夜に外に出なかったのはサミュエルが出してくれなかっただけではなく、リル自身がそれを望まなかったからだ。

「夜は、怖いから、いい。お星さま、本の中で見られるから、いい」

その答えを予想していたのか、サミュエルはさして残念そうでもなく、窓際に椅子を二つ並べるとリルをそこに座らせた。そして鉄格子の間から窓を薄く開き、後ろからリルを抱きしめて空を見上げた。

「星が見られるのが夜じゃなければよかった。そうすれば、リルと一緒に外で星を見ることが出来たのに」

「……王子様、星、見たかった？　外で、星、見たかった？」

すまなそうに眉間に皺を寄せるリルの頭を何度か撫で、サミュエルは曖昧に微笑んだ。

「星は、嫌いなんだ」

そういえば、星を見ようなどと誘われたことはこれまで一度もなかったし、興味があるような話をしていたこともない。リルが眺める星の絵本を一瞥もせず、自分は難しい本を読んでいることもしばしばだ。

「嫌いなのに、見たかったの？」

「そうだね、リルと一緒なら見てもいいと思った」

「それは、どうして？」

「見えない星も見ることが出来るような気がしたんだ」

星は数えきれないほど、リルの頭上で瞬いている。見えていないものがあるとは思えない。そう言うと、サミュエルはもう一度リルの頭を撫でて説明してくれた。

「今見えているもの以外にも、人間の目には見えない星がたくさん存在しているんだよ。光の強さや、地球との距離で、見えるものと見えないものがあるんだ」

「へえ……」

光の強さや距離と言われても、リルにはぴんとこない。説明を受けて星々の隙間の紺色の空を見つめてみても、新しい星が浮かんでくるわけではなかった。

「見えない星は、どう頑張っても、見えない。つまらない」

当たり前のことを言ってリルが頬を膨らませると、ふとサミュエルの顔に影が落ちた。

「そうだね、人の心に似ているね」

見ようと思っても、見えないところが似ているね。

呟かれた言葉に応えるように一斉に星が瞬く。斜めに走っていった流れ星は、夜空の涙のようだった。

7.

サミュエルが朝の礼拝に行っている間、いつもリルは自分の部屋で一人になる。

神様に願い事など、これまでしたことがなかったが、今日は挨拶の仕方も知らない神様に祈りながら、手紙を書いていた。

無事に、届きますように。

お絵かき用に用意してもらったレターセットを、本来の目的で使うのは初めてだ。偽物と疑われると困るので、最後に王家にだけ伝わる文字で名前を入れ、『春を待つ花』の一節を書き込んだ。

『あなたには見えなくとも、私は雪の下で微笑んでいるのです』

リルを膝の上にのせ、父が歌ってくれた懐かしい歌。見えない場所で自分は幸せにやっているという想いを込めた。

書き終わると、薄紙でペンの先を綺麗にふき取り、便箋《びんせん》の角をきちんと合わせて引き出しにしまった。勘のいいサミュエルのことだ。便箋が減っていることに気がついたら、書いたものを見せるように言うに違いない。

封筒はないので、仕方なく小さく折りたたんで合わさった部分を溶かした蝋《ろう》で頑丈に留めた。王が開く時にてこずるかもしれないが、他の人に見られるリスクは減るだろう。

いや、他人に見られて偽物と思われたならそれで構わない。これはリルにとって儀式のようなものなのだから。

「リル様、失礼致します」

鍵を開け、いつもの眼鏡のメイドが入ってくる。新しい石鹸《せっけん》とタオルを持っているところをみると、バスルームの掃除をするつもりなのだろう。

いつものリルなら、一瞥しただけで終わってしまうのだが、今日は違った。

「ウィリーは、今日中に旅立ってしまうのよね?」

「は?」

タオルの上に置いていた石鹸が落ちてリルの足元に転がる。それを拾い上げ、立ち上がるとメイドに返し、再度尋ねた。

「今日中に旅立つんでしょう？」

なぜかメイドは暗い瞳を床に落とし、しばらくの間逡巡してから顔を上げた。

「そのように伺っております」

「そう、じゃあ……」

「……え？」

その後、図書室にやってきたウィリーは、どことなく勝ち誇った顔をしていた。それもそうだろう。何しろ今日は、リルの方に呼び出されたのだから。

顔を合わせた時は、昨日ここでサミュエルとの行為を見られたことを思い出して気恥ずかしかったが、それを悟られないよう、極めて平静を装いウィリーに向かって真っ直ぐ立った。

「決心が付きましたか？」

絵本の中から飛び出てきたかのような優雅な仕草で、ウィリーは首を傾け微笑む。リルはそれに笑い返すことはせず、胸元に隠していた手紙を差し出した。

「これを、王に――お父様に会うことがあったら渡してちょうだい」

「……はい？」

意外な返答だったのか、綺麗な顔が引きつる。

「私は生きてるから心配ないと書いてあるわ」

「何を仰っているんですか？　そんなことで陛下の体調が良くなられるとでも？　日々衰弱する中、末の王女の帰りをずっと待ち続けているというのに？」

「そのことを、昨夜ずっと考えていたわ」

本当なのか嘘なのかわからないサミュエルの寝息を聞きながら、ずっと考えた。夜の空が徐々にほの白くなり、東から昇ってきた日の光がリルの顔に降り注いでも、考えていた。それでもまだ、答えは出なかった。

起き上がってリルの頭を撫でたサミュエルの目が、リルと同じように寝不足で真っ赤になっているのを見た時、答えは出た。

「お父様は私を待っているのかもしれない。だけど、お父様はこれまでちゃんと生きてこられたわ。王子様は……サミュエルは、私がいないと死んでしまうの」

「なんと、憐れな」

「お父様のこと？」

「いえ、あなたのことですよ」

リルの目が丸くなる。軽蔑されることはあっても、憐れみを向けられることなどないと思っていたからだ。

「昨日のあなたたちの様子を見て、私は本当にあなたが可哀想になりました」

新緑の目は泣きそうに潤み、哀しみを湛えてリルを見ている。蔑まれることを覚悟していたリルは、戸惑うしか出来ない。

「あなたは、洗脳されてしまっているのですね」

「洗脳？」

意味はわかるが、誰かの口からそれを聞くのは初めてで、戸惑いながら言葉を反芻する。

「いえ……洗脳とも少し違うのでしょうか。あなたは、怯えているんです。サミュエル様の望むとおりの自分でいなければ捨てられてしまう、城から追い出されてしまう。追い出されたら行くところもなく野垂《のた》れ死にをするだけ。だから必死に、王子様の猫のふりをしているんです。それが、この城に連れてこられてから身に着けた、自分の命を守るための術なのでしょう。憐れで、とても滑稽《こっけい》です」

「それは、そんな、ことは」

咄嗟に否定の言葉が出て来なくて表情が固まる。ウィリーの言ったことは、ほとんど正解だ。だが、一部は間違っている。

「あなたにはもう帰るところがあるのです。あの変態王子に合わせてバカな猫の真似などしなくてよいのでしょう。あなたは猫でもバカでもない。現に、こうやって私に託せるほどの手紙を書ける」

手紙を託し、お別れを言えばそれで終わると思っていた。なのに思わぬ猛攻《もうこう》を受け、正論をぶつけられている。

「あなたは普通の少女と同じように淀みなく話すことが出来る。この図書室にある本だって、本当はほとんど読むことが出来るのでしょう？　それをあの愚かな王子の程度に合わせるために、子どものようにたどたどしく喋り、絵本しか読めないふりをさせられて、本当に可哀想です」

「……王子様のことを悪く言わないで」

全てがばれていたことに驚愕し、頭が真っ白になっているリルは、せいぜいそう言ってウィリーを睨むことしか出来ない。

「もう、楽になっておしまいなさい。あなたはこんなところで、首に鈴を付けられて喜んでいるような身分の人間ではないんです」

伸びてきた手がリルの首輪を思い切り引っ張った。

「きゃっ！」

一度切れてもろくなっていた首輪は簡単に外れ、鈴が鈍い音を立てながら床を転がる。

慌てて拾おうと腰を曲げたリルの手を、ウィリーが摑んだ。

「隣国では幸せな暮らしをしていたのでしょう？　拾われてきた時、あなたはとても素敵なお召し物を着て、指先まで整えられていたというではないですか。大事にされてきたのでしょう？」

隣国で幸せだったか？

衣食住には困らない生活だったという意味では、確かに不幸ではなかったかもしれない。だが、幸せだったと胸を張っては言えない。

妾の子として、暗くて狭い部屋で使用人と同じような生活を強いられ、母にも姉にも相手にされず、父に甘えていいのは誰にも見られていないほんの僅かな時だけだった。

王妃はリルの顔を見る度に怒鳴り散らした。妾だった死んだ実母の面影など一切なく、どう見ても王に似ているリルのことを、下品な顔で卑しい目をしている、下賤の子と罵った。姉たちは母を真似た。リルをまるで生ゴミのように扱い、臭いと言って会う度に背中を突き飛ばした。

年に一度の誕生日、その日だけは着飾ることを許された。母や姉たちと観劇に行き、夜は豪華なディナーを食べることになっていた。夕方、劇場から、要人との謁見で来られなかった父の待つ城へと帰る途中だった。

いつもの道が落石で塞がれ、どうしても別のルートを通らなければならなくなり、仕方なく、御者は一度も使ったことのない、森を横切る道を選んだ。そこで運悪く、山賊たちに襲われた。

金品を奪われ、娘たちも差し出せと言われた王妃は、扉の一番近くに座っていたリルの背中を押した。外に放り出され、山賊たちがリルに目を奪われた隙に、王妃は馬車を出発させてしまった。

リルは、囮《おとり》にされたのだ。

どんなにもがいても無数の太い手に押さえつけられて動くことが出来ないまま、リルは男たちの馬車に乗せられた。男たちは奪った宝石や金属を足がつかないように隣国に渡って売り払うのだと話していた。そして、リルのことは女性たちが体を売る場所に連れて行くのだと。

彼らはそれを『しょうかん』と呼んでいたが、その時のリルには意味がわからなかった。けれど、自分の身に恐ろしいことが起きていることだけははっきりと認識出来た。そして、男たちがリルを見てニヤニヤとしながら、もうヤレる、いやまだ早いと話している意味も、なんとなくわかっていた。

深夜になり、男たちは馬車を止めた。この辺りは夜中に活動する獰猛な野獣が多いので、ここで火を熾して野営をするとのことだった。襲った馬車が王族のもので、思った以上の収穫があったためか、男たちは上機嫌で酒を呷り始めた。一人、二人と酔いつぶれていく中、リルは隙を見て馬車から逃げ出した。

すぐに気がつき追いかけて来た男たちの太い腕から逃れ、リルは無我夢中で逃げた。捕まれば、『何か酷いことを』されるだろうということは、幼いリルでもわかっていた。

途中、小さな崖から転落したが、男たちはそれと気がつかずに上を通り過ぎた。ほっとしたのも束の間、日が落ちて真っ暗になった森と、いつ見つかるともしれない二つの恐怖が同時に襲ってきた。

脇目もふらず走った。振り返れば、男たちの手が伸びて来て、暗闇に引きずり込まれてしまいそうだった。

「リル様。いえ、リネーアルイス様」

久しぶりに呼ばれた名前に、はっとして顔を上げる。

リルの『本当の名前』は、サミュエルがつけてくれた名前に、偶然にも似ていた。

「お可哀想に」

いつの間にかウィリーはすぐ横に立っていて、リルの肩を優しく抱いていた。

「もう、何も怖がらなくていいんですよ？　この国はもうすぐ敗戦国となります。あなたは隣国に帰り、何も憂うことなく幸せな人生を歩めばそれでいいんです」

「……幸せな人生？」

「ええ、そうですとも」

「ふざけないで！」

肩に置かれた手を思い切り振り払い、ウィリーと距離を置くために窓際の方に後ずさる。

「私が、あの城で幸せだったとでも!? あなた何もわかってない！ 私のことも、王子様のことも、何もわかってない!! 私は絶対に帰らない、ずっとこの城で、最後まで王子様と一緒にいるの！」

「リル様、落ち着いて下さい」

突然喚き始めたリルをなんとか宥めようとウィリーが近づいて来るが、リルはその分また下がり、距離を縮めさせないようつとめた。想いは溢れているが、リルはいたって冷静だった。

「早くその手紙を持ってここを出ていって！ もう、二度と私の前に現れないで！」

「人が来てしまいます。大きな声を出さないで」

「困るんだったら、出て行けばいい！ それで済む話でしょう!?」

「リル様！」

飛び掛かられたと思ったら、そのまま口を塞がれて床に押し倒された。さっきまで穏やかだった新緑の瞳は、飢えた野獣のようにギラギラと光っている。これは、昨日本棚の間から見えた欲情した瞳と同じだ。

「なにをする、んぐっ！」

懐から取り出した絹のハンカチをリルの口の中に突っ込み、ウィリーはリルの顎を強く摑んで顔を近づけてきた。

「昨日はこうされて興奮して喜んでいましたね。あなたは、元々こういう趣味がおありなのでしょう？　自由を奪われ、少し痛いぐらいにされる方が感じるんですよね？」

「んんっ!!」

ドレスの隙間に入り込んできた指が強くリルの胸の先を引っ張った。感じるのは痛みのみで、そこに悦びなどない。だがウィリーは苦痛に歪むリルの顔をみてますます興奮したように息を荒くした。

「私がいるとわかっていて、随分と淫らに喘いでいましたね？　あれは私を誘っていたんですよね、すぐにわかりましたよ。激しく突かれながら私のことを気にしてこちらを見てばかり。私に見られていることで余計に興奮していたんですよね？」

「んぐっ、んっ、んんっ!!」

「抵抗するふりも誘惑のうちですか？　いいですよ、今すぐここで抱いてあげます。本当は一目見た時から、あなたをずっと抱きたくて仕方なかったのですよ。一緒に連れて帰れないのなら、せめてこれぐらいはいい思いをしませんとねぇ」

ドレスの胸元を引きちぎられ、鷲摑みにされる。サミュエルなら多少強くされてもちゃんと感じるのに、他の誰かの手によるものでは拷問《ごうもん》でしかない。

蹴飛ばしてやろうとしても、脚の間にがっちり入られていて、空振りに終わってしまう。しかも抵抗すればするほどウィリーの表情は高揚感に満ちていき、リルを押さえつける力も強くなっているようだ。

このままでは本当に奪われてしまう。絶望に陥ったその時だった。

「うっ、ぐっ……」

体の上に重みを感じた。顎のすぐ下に、ウィリーの頭が見える。どうやら、全身でのしかかられているようだ。

髪の流れに沿って視線を動かす。肩の上に銀色の何かが突き刺さっている。それがナイフだということがわかるまで、そう時間はかからなかった。

「ひ、ひ、ひぃっ！」

慌てて両手でナイフを引き抜いたのは眼鏡のメイドだ。そのすぐ後ろにサミュエルも

立っていたが、何が起きているのかわからない様子で茫然としている。

「あ、あ、あなたは、私に、約束をしたのに。リル様を見つけ出した懸賞金で、私を幸せにしてくれると、約束してくれたのに。そ、それなのに、私を裏切ってリル様を手籠めにしようとするから……」

「懸賞金……!?」

リルは胸元を押さえながら、ウィリーの下から這いだした。自分に懸賞金がかかっているなど、これまで想像もしなかった。だが、それなら全てのことがすっきりする。通りすがりの旅芸人が、命をかけてまで自分を救ってくれようとしているなど、どう考えても不自然なのだから。

「ぐっ……く」

ウィリーが肩を押さえながら床に仰向けになると、体の下から赤い血が染み出した。だが、致命傷にはならなかったようで、ウィリーは皮肉に笑っている。

「王子を呼んだのはあなたですか」

「だ、だって、すぐに出てくるって言ったのに、待っても、待っても出て来なくて、覗いたら、あなたがリル様に襲いかかっていて……」

ナイフを握りしめたまま、メイドは震えて膝をついた。真っ赤に流れる血を見て、ようやく自分がしてしまったことを自覚したのだろう。

「ふっ、はっ、ははははっ！」

何がそんなに楽しいのか、ウィリーは狂ったように笑い始めた。

「そんな嘘に！　そんな嘘に騙されるなんて！　おまえのような地味な女を私が本当に相手にするとでも!?

あげく逆恨みで私を刺すなんて！　これだから地味な女は怖い怖い！　はっはっはっ、あっはっはっはっ!!　ぐっ！」

笑いを止めたのは、傷ついた肩を直撃したサミュエルの足だった。靴の踵を使って思い切り踏みつけ、さらにはぐりぐりと力を込めて押し潰している。

「うぎゃあっ！　やめろ、やめてくれぇっ!!」

肩の骨が外れるような嫌な音が聞こえると、ようやく踏みつけるのをやめ、サミュエルはメイドの腕を持って立たせた。

「君とウィリーにはしかるべき処分が下る。いいな?」

いつの間に待機していたのか……いや、本当は今までずっと城内に常駐していたのに、リルの目に触れなかっただけなのだろう。部屋の外には兵士が数人いて、こちらの様子を窺っていた。

サミュエルは自分の上着を脱いでリルに掛けた後、彼らを呼び寄せた。ウィリーが引きずられて行く後ろを、メイドがふらふらとおぼつかない足取りでついていく。

図書室の扉が閉められ、部屋には静けさが戻る。サミュエルは足元に転がっていた首輪と鈴を拾い上げると、背を向けた。リルが掛ける言葉を探して逡巡《しゅんじゅん》していると、サミュエルは早足で部屋を出て行ってしまった。

「待って！」

ドレスの裾を持ち上げながら後ろ姿を追いかける。

「王子様、待って！」

呼びかけても、サミュエルは振り返らない。リルは必死に追いかけた。

「はあ、はあ……」

サミュエルは部屋にいた。窓辺に手をつき、空を見上げていたが、その瞳に本当に空が映っているのかは、リルからは見えない。だが、肩が少し上下に揺れているのは、サミュエルの怒りの表れなのだろうと思った。

リルがウィリーと内緒で二人きりで会っていたことに怒り、さらにはあらぬ想像までしているのだろう。

「王子、様。ウィリーと二人きりで会って、ごめんなさい。でも、何も、なかった。王子様、来てくれたから、何もなかった」

必死に弁明しているのに、何の反応も返ってこないのでは、声が届いているのかどうかもわからない。リルは少しずつサミュエルの背中に近づくと、思いつく限りの言葉を並べた。

「本当に、何もなかった。信じて、欲しい。リルが好きなのは、王子様、だけだから。王子、様、リルは……」

「普通に話しなよ」

背を向けられたままで短く言い放たれる。

「普通に話せるんだろう？　いつまで芝居をしているんだい？」

他の音が聞こえない部屋の中、サミュエルの声だけが冷たく響く。ピクリとも動かないサミュエルの背中を見ていると、世界が動くのをやめてしまったように感じられたが、床に映る流れる雲の影がそれは錯覚だとリルに示していた。

「僕が何も気がついていないとでも思っていたのかい？　君一人が、この茶番を演じているとでも？」

息が、出来なくなった。

「君の記憶が戻っていることも、隣国の王女だということも、図書室の本をほとんど読めるぐらい賢いことも、僕が気がついてないとでも!?」

気がついていないと思っていたわけではない。だが、サミュエルはそれを知っていてもなお、本気で『猫の主人』でいるつもりなのだと思っていた。

いや、それも少し違う。リルは猫ではなく、サミュエルも猫を飼っているわけではないと全て知っていながら、リルは猫であって、自分は猫を飼っているのだと思い込もうとしているのだと思っていた。思い込みは妄想と現実の境界線を曖昧にし、サミュエル自身も何が真実なのかわからなくなっているのではないかと。

だが、サミュエルはリルが思うよりずっと冷静な人間だった。これが茶番だとわかった上で、自分も『猫の主人』であることを演じていただけだったのだ。

「おやつとホットミルクが好きで、絵本しか読めないバカな猫!? 僕が本気でそれを信じていると思っていたのか!? セックスさえさせていれば満足するだろうと、僕を見下しながら股を開いていたのか!?」

激昂《げっこう》し、声を荒らげていても、サミュエルが振り返ることはない。それが却って怒りの大きさを表しているようで、言葉が出てこない。

話し方が、わからない。

最初は『バカな猫の』ふりをするための話し方だった。だけどいつしか本当の自分の話し方を忘れていた。ウィリーやメイドに対しては普通に話せていたはずなのに、なぜかサミュエルの前では出来ない。

「あ、あ、あ……」

声の出し方まで忘れてしまったように、リルはバカみたいに口を開けた。だが、何度か深呼吸をし、今一番自分が伝えたい言葉を考えてみた。上手くしゃべれなくても構わない、たった一言伝えられればそれでいい。

「リル……私、は。王子様が、好きです」

「……くっ……」

苦しみに満ちた声と共にサミュエルが振り返る。窓の光が逆光になり、表情を確認することが出来ないまま、距離を詰められる。

「きゃっ！」

手首を持って引かれた後、反動でベッドの上に倒された。馬乗りになられ、自由を奪われる。

「君がそんなだから、僕は……っ！　僕は、苦しいんだ！」

伸びて来た両手が首にかかる。少し力を入れられれば、リルの細い首など簡単に締まってしまう。

「君が猫じゃなければ、猫のふりなんてしなければ、君を殺したいなんて思わずに済んだのに……！」

手に力を入れられ、息が詰まる。完全に息が出来ないわけではないが、細い糸のようになった空気が、かろうじて喉の隙間から入ってくる程度だ。

「最初から、殺すつもりで傍に置いていたんだ。殺さずに済むならそれが一番だと思っていた。だけど、君がそんなだから……君が、猫のままずっといるから、僕は君を殺さないとならなくなったんだ！」

逆光と焦点が合わず霞む視界のせいでよく見えないが、サミュエルは泣いているんだとわかった。朦朧とする意識の中、サミュエルの頬に手を伸ばす。指先にあたたかいものが触れ、水滴が手首の辺りまで伝わる。

そんなに哀しむのなら、殺さなければいいのに。

「王子様……リルは、生きたいよ」

掠れる声で囁くと、何かに突き飛ばされたようにサミュエルが体を離した。

「う……ごほっ、はあ、はぁ……」

喉を押さえながら息を吸うと、視界が徐々に元に戻ってきた。よろよろと起き上がり、顔を上げる。ベッドの上ではサミュエルが、茫然とした様子でリルを見ている。その頬には、涙が零れていた。

「リルは……生きたいんだね」

問いかけにも聞こえれば、独り言のようにも聞こえ、リルは黙って頷いた。サミュエルは自分の頭を抱えてベッドに額を付けると項垂《うなだ》れた。

近づくことも、声を掛けることも出来ない空気に、リルは伸ばしかけた手をそのままに固まった。

「君を、生かしてあげる」

「え……!?」

まだ力の入らない体では、どうすることも出来なかった。あっという間に組み敷かれると、引き裂いたドレスで後ろ手に縛られてしまう。

「な、何を、しているの？」

図書室で同じことをされた時には、どことなく悪戯っぽい雰囲気が漂っていた。だが、サミュエルの様子はあの時とは明らかに違い、さすがのリルも危険を察した。

「あっ、いやっ！　いやあっ、やめて!!」

暴れるリルをよそに、サミュエルは今度はスカートの裾を引きちぎるとリルの目を塞いだ。

「あっ……怖い……暗いのはイヤ！　お願い、これ、取って……！」

完全な暗闇というのは初めてだった。夜には月や星が見えていたし、天気の悪い日だって、部屋にはランプの灯りがあった。だが、今リルの前には一筋の光もない。

太い腕がリルを摑み、暗闇へ。

何も見えないと、自分の体を触っているのが誰なのかわからなくなってくる。

「いや、取って、サミュエル、顔、見せて」

懇願しても何も答えてもらえず、体をひっくり返されると尻を高く上げさせられた。

「あっ、やめて、お願い、やめて……！」

イモムシのように這い、前に逃げようとしたところを上から頭を押さえつけられる。首に何かをはめられる。顎の下で鳴る鈍い音で、それがさっき落とした鈴だということがわかった。

鎖を取り付ける音がし、思い切り引っ張られて体が反り返る。

「うっ、くっ……」

「リルは生きたいんだよね？　だったら、僕の言うことを聞くんだ。そしたら生かしてあげる」

「あっ、くぅっ、んんっ」

首を絞められた時より苦しくて、リルは必死で頷いた。すると、放り出されるように鎖を緩められ、そのままぐったりと枕に顔を埋める。

「僕は、これでも君にとても優しくしてきたつもりなんだ。んっ……」

双丘を両手で広げられ、いつもとは違う穴を舐められた。ぬるりとした感触は嫌いではなかったが、これから何をされるのかという恐怖の方が大きい。

穴の周りをぐるりと取り囲むように舐められ、舌の先を中にねじ込まれると、ほんの少し快感を感じ、別の穴の奥がぎゅっと締まる。

「う……あ……」

初めて触られる場所への戸惑いと、サミュエルが言葉を発してくれないことへの恐怖でリルの目から涙が溢れ、塞いでいる布を濡らす。

「王子様、声、出して……」

だが、くちゅくちゅという唾液の音が響くだけで、サミュエルの声は吐息すら聞こえない。今、自分を触っているのが本当にサミュエルなのか、もしかするとあの夜の山賊たちなのではないかと想像すると、膝の裏が震えてきて、動けなくなる。

「王子様、お願い、声、聞きたい」

「うるさい！」

突然降ってきた怒声にびくりを身を縮める。

「うるさいんだよ、バカ猫！　おまえは猫なんだから、主人に願い事なんてしたらダメなんだ！　自ら望んで猫になってるんだろう!?　ずっと僕を騙して楽しんでいたんだろう!?　だったらこれからも、おまえはバカ猫を演じていればいいんだよ！」

聞きたかったのは、こんな声ではなかった。いつものように、淋しさを含む静かな声で、リルの名前を呼ぶのを聞きたかったのだ。サミュエルとは思えないような低い声で、罵声《ばせい》を浴びせられたかったわけではない。

「おまえなんて拾わなければよかった！　おまえなんて拾ったから僕が苦しいんだ！　おまえを知らなければ、こんな苦しみも味わうことはなかったのに……！」

自分は、サミュエルの支えになっているのだと思っていた。猫がいなければ、王子様は簡単に死んでしまいそうに見えた。

最初は自分の保身のためだった。嵐の夜に全てを思い出した後も、必死に猫のふりをした。猫のふりをしなければ、自分が猫だと思い込んでいるふりをしなければ、城を追い出されてしまうと思っていた。城から出たリルが行きつく先が、山賊のもとでも隣国の城でも、待っているのは不幸せな日々だと思った。だからなんとしても、この城に留まらなければならなかった。

だが、寝物語としてサミュエルの子どもの頃の話を聞いているうちに、いつしかサミュエルの心と自分の心を重ね合わせていた。育った環境があまりにも自分と似ていて、自分の話を聞いているぐらい哀しくなった。

『僕の傍を離れたら君は死んでしまう』

そう言ったサミュエルだったが、むしろ死んでしまうのは、リルではなくサミュエル自身のように見えた。

自分がいることで、少しでもサミュエルの心に火が灯るのなら、これからもずっと傍にいたいと思い始めた。そのためにも、猫のふりは続けなければいけないのだと。

同情はやがて愛情となり、いつの間にかリルはサミュエルを深く愛していた。だが、もしも人として愛情を持っていることを知られ、猫でなくなった自分など価値がないと思われてしまったらと思うと怖くて、ずっと猫のふりをし続けた。

なのにそれがサミュエルを苦しめているとは考えもしなかった。心情を吐露《とろ》された今でも、サミュエルの苦しみの理由がわからない。わからないことがリルも苦しい。

「おまえなんか！　おまえなんか、おまえなんか！」

自分を罵倒《ばとう》する声が、サミュエルのものでなければどんなにいいか。別の誰かの声だったらどんなに気持ちが楽かわからない。サミュエル以外の誰かに抱かれるのは嫌だが、それでもサミュエルに嫌われることよりは耐えられそうな気がした。

「おまえなんか……！」

絞り出すような声の後、無理矢理穴に何かを差し込まれた。

「うっ、いっ！　ああっ！」

大きさからして恐らく指だと思うが、そこは何かを入れる場所ではないと思っていたリルの体は拒否反応を示した。再びずりずりと前に這うリルの首を、鎖が引き戻す。

指は徐々に奥まで入ってきて、最後まで入ると中をかき混ぜるように丸く動いた。痛みと違和感に吐きそうになる。

「う、あ……」

動くと余計に苦しくなるから、息を潜めてじっとする。次は何を入れられるのだろうかと案じていると、あっさりと指は引き抜かれた。

サミュエルが衣服を脱ぐ音がし、いきり立ったものがいつもの場所に押し付けられる。

まだまったく濡れていないリルのそこは、サミュエルを受け入れる準備は出来ていない。

このまま入れられたら、感じるのはきっと痛みだけだ。

「まだ入れないで、お願い……！」

「また自分の望みを言うんだ？　猫のくせに」

「ひっ、いぁっ！」

ミシミシと音を立てながらそれが中に入ってくる。初めての時とはまた違う痛みに、目の前の枕を強く噛む。

「うっ、うむぅっ、くっ……！」

前に逃げても、鎖を引っ張られることはなかったが、今度は腰を強く摑まれて動くことが出来ない。焼けるような痛みを伴いながら奥まで入ると、一旦動きが止まった。

ほっとしたのも束の間、後ろの穴に指が入れられる。

「いぃっ！　くぁっ！」

痛いとすら言えなくて、言葉にならない悲鳴を上げる。頭の後ろからは悦に入る笑い声が聞こえる。

「は、ははっ！　ここに指を入れるとよく締まるっていうのは本当だったんだ。それとも、もしかして君がいつもより感じてるから締まるのかな」

快感なんて微塵も感じていない。あるのは痛みと深い哀しみと困惑だけだ。

サミュエルが、なぜこんなことをするのかわからない。猫のふりをしていたことがどうしてここまで苦しめていたのかわからない。こんなことをして、リルをどうしたいのか、全ての気持ちがわからない。

新しく涙が溢れた時、中でそれが動き出した。

「あっ、いっ、やぁ！　いたっ、痛いっ！　もっと、もっと優しく、して……！」

「いやらしいメス猫でも痛みなんて感じるんだ？　それともそれも全部ふりなのかい？　痛がるふりをして、僕を騙そうとしてるんだ？」

「いっ、ひっぁ、いぁっ！」

濡れていない中を出し入れされるのが、こんなに苦痛を伴うものだとは思わなかった。体はもちろん痛かったが、それ以上に心が痛い。今までちゃんと快感を得られていたのは、愛情をかけて体をほぐし、痛くないように十分に準備されていたからなのだと改めて知った。

痛みと哀しみの感覚はよく似ている。どちらも、大きすぎると涙さえ出てこない。

「うっ、くっ、ひぁ、あ、いっ、いたっ」

苦悶にもだえるリルの声を聞いても、サミュエルは手加減をする気はさらさらないようだ。それどころかますます激しく、リルの中で動き続ける。

「あ……あれ、なんだ、濡れてきてるね。痛いんじゃなかったんだ」

濡れているのは感じているからでも、悦んでいるからでもない。これ以上傷つかないように体が自然に防御しているだけだ。だが、そのお陰でさっきよりも体が楽になっているのも確かだった。

「リルは何をしても感じるんだね。君は本当に、セックスのことしか考えてない、愚かなメス猫だ」

やっと圧迫感に慣れてきた尻の中で、指がぐるりと動かされる。内臓を抉り出されるような不快感に、思わずえずいてしまいそうになる。

「ああ……ほら、また締まった」

サミュエル一人だけが快感を得て、自分勝手に腰を動かしている。セックスは好きだった。だが、それは二人がお互いの肌のぬくもりを感じる儀式だと思っていたからで、無駄に快感を貪っていたわけではない。

「うっ、ひ……ぁ……」

もう、何の声も出て来なくなり、ただ枕を噛んで事が終わるのをじっと待つ。体はだいぶ楽になり、少しだけ快感も覚えるようになっていたが、心の痛みが大きすぎてそれを楽しむ余裕などなかった。

「くっ……」

リルが完全に黙ってしまうと、サミュエルの苦しそうな声が聞こえ、指が抜かれた。最後を迎えるためなのだろう。サミュエルは、腰をしっかりと摑んで動きを速めた。

「うっ、くっ、はぁ、はぁ、くっ、うっ！」

素早く引き抜かれたと思ったら、鎖を引っ張られ、勢いで体が反転する。

「んむっ！」

鼻を摘まれて大きく開いた口の中に、熱いものを喉の奥まで押し込まれる。何度かしごく音がした後、勢いよく何かが放たれ、嫌な苦みと鼻をつく匂いが広がった。

「零さず全部飲むんだ」

「ん……んむっ」

上手く飲めなくて唇の端から雫が零れる。情けなくて、惨めで、自分が世界一汚らしい猫のように思えてくる。

白い液体を唇の横に垂らすリルを見て、サミュエルは今、どれだけ恍惚の表情を浮かべているのだろう。想像するだけで胸が痛くて張り裂けそうだ。

「う……うぅっ、あ……」

哀しみと苦しみが一度に両方襲ってきて、リルは絞り出すように呻いた。苦いものが喉に絡みついて、まともに声も出ない。

「全部飲めなかったのか。このクズが」

「んぐっ」

鎖を強く引っ張られた拍子に、リルの目を覆っていた布が緩んで落ちる。暗闇から解放され、目に飛び込んできた光が景色を真っ白にする。何度か大きく瞬きをすると、徐々にサミュエルの輪郭が浮かび上がってきた。そして瞳の色まではっきりと認識出来るようになった時、リルは息を呑み込んだ。

サミュエルの頬を、光るものが伝わる。

彼は恍惚の表情なんて浮かべていなかった。目から大粒の涙を零し、子どものように唇を震わせ泣いていた。

サミュエルは涙を拭おうともせず、暗い瞳にリルを映している。まるで、自分自身、泣いていることに気がついていないようだった。

「……サミュエル？」

呼びかけに、我に返ったようにはっとすると、リルの頭をベッドに押さえつけた。

「見るな」

「痛い、放して……！」

「喋るな！」

横向きにされて足を大きく開かされると再び奥までサミュエルのものを入れられた。

「あひっ……！」

今感じているのが、痛みなのか快感なのか、すでによくわからなくなっていて、リルは抵抗する気をなくすと、ぐったりと力を抜いた。

「あれ、もう抵抗すらしないんだ？　やっぱりさっきまでのは芝居だったのかい？」

リルの頬の上に落ちたのは、サミュエルの汗ではなく涙だった。

「君だったら、僕の傍じゃなくても、どこでだって生きていけるよ。こうやって男の上で腰を振って、可愛く泣いてるだけでいいんだから」

ぼろぼろと泣きながら、口では罵声を浴びせ続けるサミュエルの心がわからない。リルは声を押し殺し、全ての行為が終わるまでじっと耐えた。

「君は何をされてもいいんだね。誰の上でもよがって腰を振る豚なんだ。君なんてゴミ以下の存在なんだ！」

サミュエルの口汚い言葉が徐々に遠くなる。体から心だけが抜けるように、意識が薄くなっていく。

「サミュ……」

最後まで名前を呼べないまま、リルは意識を手放した。

目が覚めた時、辺りは真っ暗になっていた。窓から覗く大きな月が、今が夜だと教えてくれている。

月の光が眩しすぎて、星の灯りが見えない。濃紺のドレスを纏った月だけが、貴婦人のようにすまし顔で空に浮かんでいる。

さっきまで手首を縛っていたリボンは解かれ、代わりに赤い痕がくっきりと残っていた。乱暴にされた下腹部は痛み、少し力を入れるだけで顔が歪む。だが、体はすっかり綺麗に拭かれているようで、精液をかけられた場所の皮膚の突っ張りも嫌な匂いもなくなっていた。

のろのろと起き上がり、周囲を見回す。

ここは、リルの部屋だ。サミュエルの姿はない。

ふと、風が通り抜ける気配を感じ、その道筋を辿ってみると、いつもは固く閉ざされている扉が半分開いていることに気がついた。

枕元にあったナイトウェアを着て、そっと音を立てないようにして部屋を出る。

サミュエルの部屋のベッドは一人分の大きさに盛り上がっている。よく見ると、黒髪が見えた。

どうすればいいのかわからないでいると、再び風が通り抜けるのを感じた。

サミュエルの部屋の扉が開いている。さっきと同じように、半分ほど。

――ここから出て行けると、わざわざリルに教えるように、開いていた。

ベッドから吐息が聞こえる。懸命に眠っているふりをし、リルが自らの意思でここを出て行くのをじっと待っている。本当は怖くて震えているのに、それをリルに気づかせまいと、身じろぎもせずにいる。

リルは扉に近づき、開いた隙間から顔を覗かせた。

誰もいない廊下は静まり返り、等間隔で並ぶランプの明かりが、淋しそうにぼんやりと浮かび上がっている。

今なら、この閉鎖された世界を飛び出して、新たな幸せの道へと走って行けるだろう。本来いるべき場所へ戻り、数年後には何事もなかったかのように、安穏の日々を送ることが出来るのだろう。

だが、リルは扉を閉めて鍵を掛けると、走ってサミュエルのベッドに飛び込んだ。毛布を頭からすっぽりとかぶり、サミュエルの首にしがみつく。

「うっ、ひっく、ひっく……」

猫ではなく、子どものように頭をすり寄せ、泣きじゃくる。酷いことをされている時よりも素直に、涙を流すことが出来た。

だが、サミュエルは腕を振り払うと、背中を向けてしまう。

「こっち、向いて。ひっく、私の方を向いて」

背中は無口で、何も語ろうとはしてくれない。リルはその背に両手を添えると、額をコツンとぶつけた。

「こっち、向いて。サミュエルの顔見たい」

泣いてすがってもサミュエルは何も反応しない。

「サミュエル、お願い、こっちを向いて。このままで終わりにしないで。お願い……」

そこまで言うと、ようやくサミュエルは振り返った。そしてゆっくりと手を伸ばすと、ガラス細工を包むようにそっとリルの背中を抱き寄せ、頭を撫でてくれた。

「今なら外の世界に行けるんだ。さあ、行って」

「イヤ……外の世界になんて行かない」

「暗闇が怖いのなら、メイドに迎えに来させる。外に出れば、君を安全な場所まで運んでくれる馬車が用意されている。何も心配することはない」

「暗闇なんて怖くない。だけど、ここを出て行くのはイヤなの」

「……君はバカだな」

どこか嬉しそうなため息と共に、額に口づけが落とされる。深い愛情を感じられるぬくもりに、リルの涙がますます溢れる。

「どうしてわざと嫌われるようなことをしたの？　どうして私が自分から出て行くように仕向けたりしたの？」

「……何を言ってるんだい？　僕は君のことなんて嫌いだよ」

「そんなの嘘だわ。私はバカな猫じゃないから、サミュエルの嘘も嘘ってわかるのよ」

いつの間にか、何も考えずとも普通に話せるようになっていた。リルは自分の涙を拭きながら、少し生意気な表情をつくってサミュエルに問うた。

「どうして、嫌われようとしたの？」

顔を見られないようになのか、サミュエルはリルの頭を軽く押さえて自分の胸に顔を埋めさせた。穏やかな鼓動の音が、リルに安らぎを与えてくれる。

「シャボン玉は君の代わりにはならなかった」

「え……？」

「僕はね、君と一緒に死にたかったんだ」

驚いて顔を上げようとしたが、頭を押さえられていてそれが出来ない。リルは、サミュエルが見てもいいと言ってくれるまで、無理に顔を見るのはやめようと思った。聞こえる鼓動は静かなままで、物騒な言葉とは裏腹に、サミュエルが落ち着いていることを示していたからだ。

「君が城に来たばかりの時は、君がずっと猫として、僕の傍にいてくれるように願っていた。君が記憶を取り戻していることに、気がつかないふりをしていたのも、それを話題に出せば、また君が家に帰りたいと言い出すような気がして怖かったからだ。だけど、この国の敗戦が色濃くなってきた頃から、今度は君が人間に戻りたいと言い出すことを願っていたんだ。君が全てを思い出し、僕の猫でいることをやめて、自らの意思でこの城を出て行ってくれれば、君を諦められると思った」

サミュエルの体が少し熱くなる。それに比例して徐々に鼓動が速くなる。

「僕はこのままいけば、隣国に捕まって処刑される。君は隣国に戻れるかもしれないし、処刑されるかもしれない。どちらにしても、僕たちは引き離されるだろう。だったらいっそ、君をこの手で殺して僕も一緒に死のうと思った。その決断をしてしまう前に、君を手放そうと何度も思った。だけど手放すぐらいなら、殺してしまいたくなった。殺すぐらいなら、手放そうと思った。

君が離れて行かないのなら、僕が君を嫌えばいいと思った。だけど、それは無理な話だった。君が猫であろうと、人間であろうと関係ない。僕は君が好きなんだ。君がいないと生きていけない。自ら君を手放すなんて出来ない。だから、やっぱり君から離れて欲しかった。僕が君を殺してしまう前に、離れて行って欲しかった。僕を嫌って顔も見たくないほど憎んで欲しかった。

……自分でもどうしたいのか、もうわからないんだ。いつか君と見た夜空のように、暗闇の中に潜む星はどう頑張っても見ることが出来ないんだ。きっとそこにこそ、探している星があるはずなのに」

リルは、自分の勘違いに気がついた。星空を人の心に似ていると言ったのは、てっきり、リルの心が見えないことの喩えなのだと思っていた。だが、あれはサミュエル自身の心のことを指していたのだ。

目に見える星ばかりを拾い集めたら、向かう先は破滅だということはわかっている。本当に探している答えは他にあるはずなのに、見えている星の輝きに紛れて見つけることが出来ない。

「君を殺したい。君を放したくない。君を放さなければ殺してしまう。傍に置いたら殺したくなる」

矛盾する思考のループの中で、サミュエルはどれほど苦しんできたのだろう。我慢しているのは、自分だけなのだと思っていた。だが、サミュエルはリルの苦しみに気がついた上で、さらに自分をも傷つけながら苦しんできた。

離れたくない、傍にいたい気持ちはリルとて同じだ。だが、一つ決定的に違うところがある。

「サミュエル、リルは……私は、サミュエルと生きたい」

ウィリーに『死にたくないでしょう?』と問われ、リルは毎回『生きたい』と答えてきた。リルもサミュエルと引き離されたら、きっと生きてはいけないだろう。だから、リルの言う『生きたい』とは、サミュエルとずっと一緒にいたいという意味だ。

きっとサミュエルは、リルが自主的に城を出たのを見届けたら、自ら命を絶つつもりだったのだろう。そうすることで、終わらない、巡り続ける同じ苦しみから逃れるつもりだったのだろう。

だが、それはサミュエルの望みであってもリルの望みではない。

「私、サミュエルと生きたい」

力強く言うと、頭を押さえつけていた手の力が緩み、リルは顔を上げた。サミュエルの顔は哀しみに暮れても、苦悩に満ちてもいなかった。いつもリルを甘やかす時と同じように、優しく穏やかで、ほんの少し淋しさを含んだ表情を浮かべていた。

リルは真っ直ぐに瞳を見て、真摯に言葉を紡いだ。

「命が尽きる最後の瞬間まで、サミュエルと一緒に生きていきたい」

それに対し、目をそらすことなくサミュエルが答える。

「ずっと一緒にいたら、僕は君を殺すよ。そしたら、生きることも出来ない。僕は君と一緒に死にたいんだ」

「あなたは私を殺せないわ。殺せないから、嫌われるように仕向けたんでしょう？」

「嫌ってくれないのなら、殺すしかないだろう？」

「殺せないから、嫌われたかったんでしょう？」

　終わりの見えない言い合いに、表情を崩したのはサミュエルの方だった。

「これでも僕は、少しずつ君から心を離そうとしたんだ。君といても何も新しいものなんて生まれない。あのシャボン玉のように、一緒に何かを壊すことぐらいしか、僕たちには出来ない。君がウィリーに興味を持っているとわかった時、神様が僕に身の引き際を教えてくれたんだと勝手に思ったんだ」

　それからサミュエルは少し気まずそうな顔をし、一瞬目をそらしてから再びリルを見た。

「君の父親は無事だよ。確かに、去年王妃と王女たちは亡くなったけど、王はそれにめげることなく、今でも指揮を執っている」

「え……!?　だけど、サミュエルもウィリーも、同じことを言っていたわ。そんな偶然の嘘なんてある？」

「あの日の会話を、僕は聞いていたんだ」

リルがぽかんと口を開けていると、サミュエルは言い訳をするように慌てて首を横に振った。

「誤解しないで欲しい。盗み聞きをしたのはあの時の一度だけだ。どうやら、君が何かこそこそとやっていると思ったから、部屋を出て行くふりをして外で聞いていた。恥ずかしながら僕は国王の容態を知らなかった。知らなかったからこそ、ウィリーの話を僕も信じてしまった。

君が祖国に戻ることを望んでウィリーと出て行くのなら、それでも仕方ないと思った。だけどそう思った次の瞬間には、やっぱり君を手放せないと思ってしまうんだ。

ああすれば、君が僕を嫌うかもしれないと思った。だけど同じぐらい、君が僕のものだということを確信出来るような気がした」

『ああすれば』とは、ウィリーが見ていることを知った上でリルを激しく抱いたことだろう。いつだってサミュエルの心は矛盾だらけだ。だからこそ、自分でもわからなくなっていたんだろう。

「それなのに、僕を好きだと言った君の言葉に動揺した。君に自ら隣国へ戻る決心をさせるため、ウィリーの話に真実味を持たせるよう、僕も同じことを言った。結果的に、嘘をついてしまった。

君を自分から手放すのは怖かった。だから、君が僕を嫌いになって、離れて行ってくれるのを望んだ」

「……サミュエルは、本当に何もわかってないわ」

手を伸ばし、サミュエルの頬を両側からむにゅりと押し上げる。滅多に崩れない綺麗な顔が、唇を突き出したマヌケな顔になり、リルは思わず吹き出してしまった。

「な、何をするんだ」

顔を赤くしながら手を払い、サミュエルが拗ねたように目を伏せる。その顔は子どもっぽくて、リルは彼に言い聞かせるように鼻の頭に指を置いた。

「私がサミュエルを嫌いになれるはずがないってこと、わかってなかったなんて、酷いわ」

きょとんと、サミュエルの目が丸くなり、表情がますます幼くなる。大きな瞳に映るリルの顔は、もう、バカで何も知らない猫ではない。サミュエルを愛する一人の少女として存在していた。

「そうだね、僕は何もわかっていなかったんだね。自分の心だけじゃなく、君の心もわかっていなかった。君のことを、僕に呪いをかけられた可哀想な子猫だと思っていたんだから」

背中に回されていた手が腰の辺りに下り、双丘の間にそっと指が伸ばされた。

「ごめん、痛かっただろう？」

首を横に振ると、リルはその手を摑んで自分の胸元に置いた。

「痛かったけど、こっちの方が痛かったの」

「リル……」

「んっ」

泣きそうな顔のサミュエルに自ら口づけをする。それはすんなりと受け入れられ、熱い舌を絡ませられた。

「ん……はぁ、リル……」

サミュエルは、まるで初めてのキスのように少し唇を震わせながら、ゆっくりと丁寧にリルの口の中を舐めている。リルはキャラメルを初めて食べさせてもらった時のような、甘くて優しい気持ちを思い出していた。

頰の裏側から上唇の裏までぐるりと舌を動かし、下唇は甘く食む。舌の先と先が触れた瞬間、サミュエルは驚いたように、愛らしくぴくんっと体を揺らした。初心な反応に、リルの方も何だか少し気恥ずかしくなってくる。

これは、本当に初めてのキスなのだ。

猫としてではなく、心を通じ合わせた恋人同士としての初めてのキスなのだ。もう、二人はキスの意味をわかっている。愛し合う二人がお互いの気持ちを確認するための大切な儀式なのだということを。

「サミュエル……ん、はぁ、これからも、傍にいてもいい……？」

「僕と一緒にいると、あまり長くは生きられないけど、それでもいいかい？　……んっ」

「生きられるところまで、二人でいられれば、それでいい……んんっ、ふぁ」

「じゃあ……これからは、猫としてではなくて」

猫としてではなく、一人の少女として。たとえ、迎える結末が哀しいものであったとしても、辿る道だけは後悔しないように。

それから二人は、東の空が白むまで、ずっと唇を重ね続けた。たまに足と足を絡ませることもあったが、傷ついたリルの体を労わってか、それ以上をサミュエルがしてくることはなかった。

朝日を顔に浴びながら、サミュエルがぽつんと言葉を漏らす。

「朝は、嫌いだったんだ」

「どうして？」

「君が、朝が好きだったからだよ。夜の間は、君が動けないのを知っていたから何も心配はなかった。だけど、朝になったら、君はもういなくなっているかもしれない。そう思うと眠れない日もあった」

サミュエルの手を握り、リルは自分の頬にそれを当てた。

「私は、朝になって消えたことなんて一度もないわ」

「そうだね」

「ずっと、ずっと一緒よ」

「わかってる」

「ずっと、ずっと好きよ」

「僕だって」

微笑み合いながら淡いキスをした後、二人は同時に目を閉じた。今、確かに感じるぬくもりを信じ、眠りへと身を沈めた。


穏やかな日々が過ぎて行った。

リルとサミュエルの部屋の窓からは鉄格子が外され、これまでリルが出入りしていた全ての部屋が、内側からなら鍵がなくても簡単に開閉出来るようになった。

危険のない範囲であれば自由に動き回ることも許されたが、リルは相変わらず部屋に籠もり、サミュエルと一緒でなければ外を出歩こうとはしなかった。一度、一人で廊下を十歩ほど歩いてみたことがあったが、怖くなってすぐに部屋に戻ってしまった。

十年間、サミュエルなしでは生きていけない生活を送っていた結果、嘘でもふりでもなく、リルは本当にサミュエルなしでは生きていけなくなってしまっていた。

だが、それでよかった。

リルは、サミュエルから離れて生きていく気などないのだから。

バスルームの窓を開け放ち、思い切り息を吹く。シャボン玉が風に乗り、遠い青空まで昇って行く。

「見て、サミュエル、どこまでも昇っていくわ。星まで届くかもしれない」

「リル、危ないよ」

身を乗り出すリルを後ろから支え、サミュエルも飛んでいく七色の丸い光を見上げた。ふわふわと右へ左へゆらめきながら、青い空へ吸い込まれていく様は、美しくも儚い。サミュエルはもう、それを壊そうとは思わない。行く末を静かに見守るだけだ。

薄いドレスを一枚さらりと羽織っただけのリルの体は、いつもより体温が高い。それだけはしゃいでいるということだろう。

「綺麗ね」

そう言って振り返ったリルの方が、サミュエルには何倍も美しく見えた。何度も壊そうとした愛しい人。今はもう、壊そうとは思わない。行く末を静かに見守りたいと思っている。

ほんのり赤味のさす頬に唇で触れ、しっかりと抱きしめ直す。意図したわけではなく、偶然二つの膨らみに手が触れ、一瞬の静止の後に、柔らかくそれを揉む。

「サミュエル、胸触ってる」

可愛く睨みつけるリルを今すぐ押し倒してしまいたい気持ちを抑え、余裕のふりをして笑みを浮かべる。

「少し大きくなった気がする」

「嘘よ、どうせ痩せてて小さいもの」

「だから、少しだよ」

「……そういう時は、お世辞でもたくさんって言うものよ」

ふてくされて尖らせた唇の先に自分の唇を重ねると、窓枠から引きはがすようにリルを抱きしめ、浴槽の縁に座らせた。

「ここはバスルームなのに、お風呂に入っていないなんて、僕たちはおかしいよね」

真面目な顔をして言うサミュエルに、リルが吹き出す。

「そうね、おかしいかもしれない」

「じゃあ、この状況を正常に戻さないと」

ドレスの胸のボタンを一つずつ外しながら、サミュエルは数えきれないほどの口づけをリルの顔中に落とした。クスクスと笑う声がシャボン玉のように浮かび、漂い、弾けて消える。

穏やかな日々。

だが、穏やかすぎる日々は、時として、心に得体の知れない影を落とす。二人ははっきりと感じ取っていた。いつか来るその時が、もう目前に迫って来ていることを。


その日の朝、リルはいつものようにサミュエルと部屋で朝食をとっていた。濃いめに入れたミルクティーと、一口サイズのサンドウィッチ、食後にはヨーグルト。

雲一つない青い空があまりにも眩しくて、二人は自然と窓から目をそらした。きっと、予感めいたものを感じていたのだろう。無言で、紅茶を飲み干したその時だった。

「失礼致します……！」

返事も待たずにメイドが部屋に飛び込んできた。あの、眼鏡のメイドではなく、新しくリルの世話係になった大柄なメイドだ。

メイドはエプロンをくしゃりと握り、目に涙をいっぱい溜めながら叫んだ。

「は……敗戦にございます！　この国は、隣国との戦いに敗れ、先ほどこの国は敗戦国となりました……！　いずれ、ここにもサミュエル様を捕らえに隣国の兵が参りましょう」

リルはとても冷静に、その言葉を受け入れていた。命が尽きるその瞬間まで、サミュエルと一緒に生きる覚悟はもうとっくに出来ている。

サミュエルはどこか清々しくも見える表情で立ち上がると、メイドに向かって頷いた。

「わかった。君たちは今すぐ、荷物をまとめて城から出て行くんだ。換金《かんきん》出来そうなものを忘れず持って行け」

戦争が終わる日の準備を、これまで密かに進めていた。すでに半分以上の使用人を、しばらくは暮らしていけるだけの金品を持たせて家に帰していた。あとは、今現在残っている者たちを、巻き込まないように逃がすだけだ。

「とうとう、この日がやってきたね」

椅子に座るリルの足元に跪き、サミュエルは両手を取って顔を上げた。漆黒の髪、ブルーグレーの淋しげな瞳、引き締まった薄い唇。どれをとってもいつものサミュエルだったが、いつになく大人に見える。

サミュエルももう、覚悟が出来ているのだ。

「愛してるよ、リル」

「……愛してるわ、サミュエル」

導かれるまま立ち上がり、熱い抱擁《ほうよう》と口づけを交わす。これが最後になるわけでもないのに、サミュエルの口づけは激しく、舌にリルの全てを覚え込ませようとしているようだった。

「……サミュエル様」

呼びかける声で口づけをやめ、サミュエルがメイドを見る。お別れを言いたくて、リルもメイドを見た時、いきなり背中をとんっと押された。

突然のことでバランスを崩したリルは、そのままなだれ込むようにメイドの腕に転がり込んだ。

「リルを頼む」

「……サミュエル!?」

驚いているのはリル一人だけだった。メイドは神妙な顔で頷き、リルの腕を強く摑んだ。

事前の話し合いでは、リルもサミュエルと城に残り、サミュエルと運命を共にすることになっていた。これでは話が違う。

「サミュエル!?　何を考えているの!?」

メイドの腕の中でもがきながら叫ぶリルに、サミュエルが穏やかな笑みで答える。

「行って、リル」

「待ってサミュエル、どういうことか説明して!」

「心から愛してる」

「どうしてなのサミュエル!　命が尽きる瞬間まで、一緒に生きるって約束したじゃない!」

「……幸せに、なるんだよ」

「サミュエル!!」

泣き叫び、ぼんやりと霞む視界の中、サミュエルはいつまでも綺麗で儚い笑顔を見せた。いくら手を伸ばしても、その手を取ってくれることはなく、そのうち背を向けてしまった。

「サミュエル……!」

サミュエルの背中も、リルの声も、青空も、リルのために作られた小さな部屋も、全てが白い光に吸い込まれていく。やがて世界は真っ白になり、何も見えなくなってしまった。

そこから先のことは、よく憶えていない。

暴れてサミュエルのもとへ行こうとするリルを、数人の女性の手が押さえつけたと思う。無理矢理馬車にのせられて、どちら側かはわからないが、兵士に引き渡された。その後、知らない城に連れてこられ、悪くはないどころか、かなり丁重な扱いを受けた。

豪華な調度品のある部屋で、毎日服を着替えさせられ、数人のメイドが入れ替わり立ち替わりでリルの世話をしてくれた。リルは真っ白な心で一言もしゃべらず、人形のようにされるがままになっていた。

二週間ほど経ち、リルはまた馬車に乗せられ、別の場所に運ばれた。

今度は最初よりもはるかに大きくて立派な城だった。重厚感溢れる黒い石を切り出して積み上げた城壁に守られ、鉄格子の城門の前では数名の兵が微動だにせず門を守っている。

通された広間は、見上げると首が痛くなるほど天井が高く、どうやって描いたのか、一面に天使の絵が描かれている。よく磨かれた床は鏡面のように輝き、部屋を縦断して敷かれたえんじ色の絨毯は、雲の上を歩くように柔らかかった。

リルは肩に大きなバラの飾りのついた水色のドレスを着せられ、高く結い上げた髪にはティアラを飾られ、玉座の前に座らされていた。今、自分が置かれている状況を考えることを停止した頭のせいで、全てがぼんやりとして、これが夢なのか現《うつつ》なのかすらわからなくなっていた。

壁沿いに並んだ、鎧《よろい》を身に纏《まと》った兵士たちが、一斉に頭を下げる。玉座に向かい、堂々とした足取りで歩いてくる男性がいる。長身で大柄で、恰幅《かっぷく》のいい男性は、玉座に座ると真っ直ぐにリルを見た。

「お……お、お、これは、リネーアルイス！　なんとも美しく成長して……！」

男性がリルの本当の名前を呼び、感動に身を震わせ両手を広げる。記憶の中に残る父親と同じ声。うっすら白いものが混じる金色の髪も、琥珀色の瞳も、リルのものとよく似ている。

『お父様？』

唇の動きだけでそう答える。だが、感動もなければ感激もない。目の前に父親がいるという事実のみがあるだけだ。

「リネーア！　よくぞ生きていてくれた……！」

リルは後ろに控えていた侍女に背中を押された。王のもとへと行けという合図だということはわかったが、体が動かない。

痺れを切らせた王が自ら玉座を下り、座り込むリルを上から包むように抱きしめた。リルはこのぬくもりを知っている。幼い自分を膝にのせ、春を待つ花の歌を歌ってくれた人のぬくもりだ。

「まさか、敵国の王子に監禁されているとは思わなかった。どうりで、手を尽くしても見つからぬわけだ」

「かん、きん？」

久しぶりに出した声は掠れていた。

「王子の側近の一人が密告してくれたお陰で、おまえを助け出すことが出来た」

「みっこく？」

そんなまさかと、笑い飛ばしたいのにそれ以上声が出ない。

「本当によかった。一歩間違えれば、おまえがあの王子の城に囚われていることも知らぬまま、王族と一緒に処刑していたかもしれぬ」

側近の密告。

王族の処刑。

命尽きる時まで、一緒に。

心から、愛してる。

とめどなく言葉が浮かんでは消えて行く。

「おまえを閉じ込めていた王子はちゃんと捕まえた。今は怯えながら処刑を待っているだろう」

『幸せに、なるんだよ』

頭の中に霞みをかけていた白い霧が晴れていく。やっと夢から覚め、これが現実なのだと悟った。

「リネーア、もうおまえには苦労はかけさせない。これからは私のもとでずっと幸せに暮らすのだ」

久しぶりに会った父親のぬくもりは他人のもののようで。

「……お父様、春を待つ花の歌を歌って」

「春を待つ？　一体、なんだと言うのだ？」

「お願い、歌って」

「うむ？　聞いたことはあるが、一体どんな歌だったか……」

記憶の中で思い描いていたほど、思い出は美しくなくて。

「お母様と、お姉様たちは？」

「大丈夫だ、去年亡くなったからおまえは心配することない。癇癪持ちの王妃と意地の悪い王女たちがいなくなって、私も内心、ほっとしている」

美しくない思い出は、何の価値もなくて。

「そんなことよりも本日は宴だ！　この国の勝利と、おまえが無事に戻ってきたことの祝杯をあげるぞ！」

愛する人がここにいないことが哀しくて。命尽きるまで一緒にいると誓ったのに、自分だけが幸せになっても何も嬉しくなくて。そこにあるのはただ、絶望だけで。

とにかく、サミュエルに会いたくて、会いたくて、会いたくて。

「い、い、い……いやあああああああああっ!!」

思いの丈をどこにぶつけたらいいかわからず、リルは叫んでいた。

8.

もう、どのぐらいの月日が流れたのだろう。

サミュエルはぼんやり指を折って数えてみたが、わからなくなって途中で止めた。

頭上高くにある小さなはめ込みの窓だけでは、時間の流れがわからない。

石の壁に囲まれ、絨毯すら敷いていない冷たい床の上には、石のように硬い粗末なベッドとかび臭い毛布、小さなテーブルの上にはオイルランプが一つだけ置いてある。王族ということで、これでもましな監獄を与えられているらしい。

食事は一日二回、扉の横の小窓から入れられる、野菜くずの入ったスープと湿気たビスケットだけだ。だが、どうせこれから死ぬのだと思えば、こんな仕打ちも別にどうということはなかった。

――リルは、今頃幸せになっているだろうか。

暗い部屋も、硬いベッドも、まずい食事も辛くない。リルに会えないことが一番辛い。

自分で決めたことだというのに。

命が尽きる瞬間まで一緒にいたいと言ってくれた愛する少女に、サミュエルが唯一してあげられること。それが、隣国に戻してあげることだった。

王妃や姉に苛《いじ》められていたという話は、リル自身の口から聞いていたが、不安の種はもうない。戻ったリルを待っているのは幸せの日々のはずだ。

また、リルに気持ちをわかっていないと怒られてしまうだろう。だが、それも考えた上で出した結論だった。

それなのに。

リルがここにいないことが哀しくて、愛する人の幸せを見届けないまま、自分だけが死んでいくのが怖くて。そこにあるのはただ、後悔だけで。

とにかく、リルに会いたくて、会いたくて、会いたくて。

「う、う、う……うわあああああああああっ‼」

サミュエルは壁に拳《こぶし》を打ち付けると、狂ったように叫んだ。看守《かんしゅ》が聞いたら、監獄での生活や処刑への恐怖にとうとう頭がおかしくなってしまったと思うことだろう。だが、サミュエルに恐怖などない。ただ、ただ、淋しくて哀しくて辛い。

「うわああ、あ、あ、うわああああああ!!」

こんな辛い想いをしているのが、自分だけならいい。愛する人だけは、幸せに生きていて欲しい。

「うわあっ、う、う、うわあああああ、うわあああああっ!」

思いの丈をどこにぶつけたらいいかわからず、声が嗄《か》れるまで叫び、拳に血が滲んでも壁を叩き続けた。

やがてぐったりと力を抜くと、床に頬を付けて目を開けたまま倒れ込んだ。部屋の隅がかろうじて見えるほど薄暗い部屋の中、サミュエルを包んでいるのは孤独と絶望だ。

そういえば、昔自分は『おかしくなっている』と陰口を叩かれたことがある。本物の猫のリルを失い、世界が終わってしまったような気がして、部屋から一歩も出られなくなったあの時だ。

あの時の自分は本当におかしかったと思う。考えることをやめてしまえば、時の流れから自分だけ置き去りにされれば、世界から自分の存在を忘れられれば、楽になれると思った。

だから、もう考えるのはやめにしよう。淋しさも悲しみも全て捨て去り、リルの幸せだけを祈り続けよう。

リルさえ幸せでいてくれるのなら。

リルだけでも、幸せなら。

「おい、飯の時間だ！」

乱暴に小窓が開けられる音にはっとする。壊れかけていた心が、薄氷一枚で繋ぎ止められる。看守は古い食ののったトレーを下げると、新しい食事を小窓から入れた。

「なんだ、ほとんど食べてないじゃないか。まったく、どこぞの王女様と一緒で、無言の抵抗ってやつか？」

「……王女様？」

「おまえが監禁していた末の王女様のことだ。何がご不満なんだか、食事もとらずに部屋から一歩も出てこないんだとよ。このままだと死んじまうんじゃないかって、陛下も気が気じゃないようだ。まったく、こっちは朝から晩までこき使われてるっていうのに、部屋で引きこもりなんて贅沢なこった」

乱暴に小窓が閉められ、足音が遠ざかって行く。

無機質に響くその音をぼんやりと聞きながら、サミュエルは全身の血液が冷えていくような錯覚を覚えていた。

――リルが、死んでしまうかもしれない？

リルだけでも、幸せなら、それでよかったのに。

こうすることがリルを幸せにする道だと信じ、手放したというのに。

『会いたい、サミュエル』

頭の中に哀しそうな声が響く。目を瞑れば、泣いているリルの顔が思い浮かぶ。

違う。これは幻覚だ。未練を捨てきれない自分が都合のいいように作り上げた幻覚だ。

『一緒じゃないと、幸せになれない』

そんなことはない、リルは幸せになっているはず。

正直なことを言えば、自分の判断は合っているのか、これが本当にリルにとっての幸せなのか、何度も自問した。辿り着くのはいつだって、『リルにはこれからも生きていて欲しい』という気持ちだった。

『私の気持ちを、裏切ったの？』

そうじゃない、ずっと一緒にいたいと願う気持ちは同じだった。ただ、導き出した結論が違っただけ。

けれど、その結論は――。

『一緒に生きられないのなら、死にたい』

今のはどちらの声なのだろう。リルの声の幻聴なのか、それとも自分の心の叫びなのか。

『サミュエル。会えないのなら、死んでしまいたい』

――可愛いリル、僕のリル。

僕の、僕だけの、僕の可愛い、可愛い、可愛い……！

「う、う、う……うわあああああああああっ!!」


石の階段を誰かが昇ってくる音が響く。

死刑執行人が大きな鎌を持ち、サミュエルの首を刈りにやってくる。

一歩、二歩、三歩と近づいてきて、扉の前で靴音が止まる。

鍵を開け、重い鉄の扉が開いた時、そこに立っていたのは――。


赤と白、黄色にピンクと色とりどりのバラの咲く庭を、見目麗しい男女がゆったりとした足取りで散歩している。

上品な薔薇色のドレスを身に纏ったお姫様は、金色の髪に赤いリボンを巻いている。陶器で出来たような真っ白な肌。頬は紅潮し、紅をささずともほんのりと赤い。唇だってそうだ。何もしなくても、露に濡れたさくらんぼのように艶めいている。

隣で寄り添うのは、シンプルな白いシャツを来た王子様。漆黒の髪の下から覗く目は涼しげで、その形はブルーグレーの瞳の色とよく合っている。高すぎず、すっと通った鼻に、引き締まった薄い唇は、立っているだけで全ての女性が見惚れてしまうほど美しい。

そんな二人が微笑み合いながら、薔薇の庭を歩いているのだ。まるで、絵本の中から飛び出してきたような光景だ。

だが、美しい光景を台無しにする無粋なものが、この絵の中には描かれている。それは、二人を繋いでいる銀色の鎖だ。

王子様の首には、金色の鈴がついた赤い首輪がはめられていた。そこから伸びる鎖はお姫様がしっかりと持ち、王子様が少しでも遠くに行こうとするものなら、それを引っ張り、引き寄せてしまう。

王子もそれをわかっているからか、なるべく離れず、常に姫の横にぴったりとくっついて歩いている。

様子を見ていた一人の勇気あるメイドが近づき、お姫様に向かい、恭《うやうや》しく頭を下げる。

「ご機嫌麗しゅうございます、リネーアルイス様、それからサミュエル様」

「ごきげんよう。今日も、ウサギの匂いがするわね」

「ウサギの匂い……でございますか？」

メイドが訝しげな顔をする。お姫様はうっとりと目を瞑り、息を吸い込んだ。

「これはウサギの匂いなんでしょう？　だって、あの日の森と同じ匂いだもの。この匂いがしたから、私はウサギと間違われたんだわ」

相変わらず訳のわからないことを言うお姫様に呆れ、その隣に目を移す。

至近距離で見ると改めてわかる王子の美しさに、思わず見とれるメイドだったが、目が合うとすぐに王子様はお姫様の後ろに隠れるように後ろを向いてしまった。

「ごめんなさい、私の猫は、私以外には懐かないの」

困ったような顔で美しく微笑み、お姫様が軽く首を傾ける。

「そ、そうでございますか……」

遠巻きに見ていたメイドから、一斉にため息が漏れる。

——お姫様は、頭がおかしいのだ。


森に囲まれた古城の一番奥に、その部屋はあった。

クマが両手を広げて寝ても余りそうな大きなベッドと、二人分の椅子しかない小さなテーブルセットに、リルのドレスが二十着入る中くらいのクローゼットを置いたらもう一杯になってしまう部屋は、決して広いとは言えなかったが、その代わり贅の限りを尽くして作られていた。

二人が十年という月日を過ごしたあの部屋に、そっくりなように作られていた。

「お散歩はどうだった？　楽しかった？」

部屋に戻って鎖を外しながら聞くと、サミュエルは嬉しそうに大きく頷いてリルに抱きついた。

「楽しかったよ。お花は綺麗だし、空は真っ青だったし、それから、風はウサギの匂いがした」

可愛らしい台詞を聞いて、くすっとリルの口から笑いが零れる。あの時のサミュエルも、こんな気持ちでリルの言葉を聞いていたのだろうか。

「そういえば、あなた、あのメイドと目を合わせた？」

「目は……合わなかったよ」

「本当に？」

「ああ、本当だよ」

嘘を言っている目ではなかったので、リルはほっと胸を撫で下ろした。

絶対にありえないが、もしもサミュエルがリルを裏切り、メイドの誰かといい仲にでもなろうものなら、リルはきっとメイドを殺してしまうだろう。

「あなたは、私の猫よ」

そう言って頬を撫でると、サミュエルは嬉しそうにリルの手に頬を擦り付けた。

「僕は、お姫様の猫だよ。君がいないと生きていけない、猫だよ」

そう答えたサミュエルにリルは満足して頷いた。

猫でなくなってしまったら、サミュエルは城から追い出され、リルと離れ離れにされてしまう。最悪の場合、処刑されることだってあるだろう。それだけは絶対にさせてはいけない。

サミュエルを守れるのは自分だけだ。

サミュエルを心から愛せるのは自分だけだ。

「その鈴、とてもよく似合ってる」

首の下についた鈴をつつくと、鈍い音が響いた。スズランと羽根の彫刻を縦に引き裂くように太い傷が入った鈴は、かつてリルの首を飾っていたものだ。

それが今、サミュエルの首元にある。お姫様の猫である証拠として。

「僕、少し眠くなった。眠ってもいいかな」

甘えるように言って抱きつくと、サミュエルはなだれ込むようにベッドにリルを押し倒した。

「きゃっ！　もう、私も一緒に寝るの？」

「だって、一人じゃ眠れないよ」

頭をすり寄せて悪戯っぽい顔で甘える姿は、本物の猫のようだ。

「眠るなら、着替えないとダメよ」

リルはサミュエルに馬乗りになると、シャツのボタンを一つずつ外し、顕わになった白い肌の上に唇を這わせた。いつもサミュエルがしてくれていたように、耳たぶから裏をねっとりと舐め、首筋から鎖骨まで何度も舌を往復させ、小さな胸の突起にちゅっとキスをする。

「んっ……」

ぴくんと敏感に体が震え、全身にうっすらと汗をかく。サミュエルがリルの感じる部分を全て知っているのと同じように、リルもサミュエルの感じる部分を全て知っていた。

「眠るんじゃ、ないのかい？」

「眠るわ。これが終わったら」

今度は軽く立てた歯と舌を使って挟み込んで吸い、もう片方の突起は指先で摘まんで回す。感じると硬くなっていくのは女性の体と同じで、サミュエルのそれは赤くなってつんっと立った。

王との再会の後、リルはサミュエルが傍にいない現実を突き付けられ、少し『おかしく』なった。折角開かれた帰還祝いにも出席せず、部屋に閉じこもってずっと泣き続けた。時には何もない壁に向かってサミュエルの名前を呼び、陶器の人形を抱きながら、これは猫だと言い張った。

困ったのは王だ。王妃も王女たちもいなくなり、リルが唯一の癒やしとなるはずだった。戦いが終わり、リルが見つかったとの報告を受けた時は、息子に王座を譲り、自分は隠居してリルと静かな余生を過ごすつもりだった。

王は自分を責めた。十年間も見つけてあげられなかったせいで、いや、それよりももっと前、王妃や王女のいじめから庇ってあげられなかったせいで、リルはおかしくなってしまった。全ては自分のせいなのだと。

あれやこれやと手を尽くし、王はリルのご機嫌を取った。山ほどのドレスや靴やバッグを送り、専属のコックをつけて毎日好きなお菓子を作らせた。戦争に勝ったこの国の王が今、出来ないことはほとんどなかった。

だが、リルは治らなかった。それどころかますます暗い顔で、王に向かって『猫を返して』と泣いた。その頃にはもう、猫が、リルを監禁していたサミュエル王子のことを指すとわかっていたが、敵国の王族は全員処刑されることになっているのだから、おいそれと会わせるわけにはいかない。それを告げると、とうとうリルは一言も口をきかなくなってしまい、困り果てた王は特例として、リルとサミュエルを会わせることにした。

王子が、王子として人権を持つのではなく、リルの飼い猫として存在するのなら、面目も立つと考えたのだ。

かくしてサミュエルはリルの猫になった。

——お姫様の、猫になった。

「私の、可愛い猫」

シャツを脱がせ、指をへその下に這わせる。ズボンの上から膨らみを触ったら、それはもうはっきりと形がわかるぐらい硬くなっていた。

「サミュエルは、とても素直で可愛いのね」

筋に沿って指を動かしながら囁くと、サミュエルは快感に顔を紅潮させ、切なく眉間に皺を寄せた。

「僕は、お姫様の猫だから」

「……そうね、あなたは私の猫だものね」

看守の話によると、監獄に入れられたサミュエルは、日に日におかしくなっていったと言う。

壁を殴り、奇声を上げる日が数日続き、治まったかと思ったら、今度は床に伏してブツブツと意味のわからないことを呟き出す。『幸せ』や『一緒に死ぬ』という言葉だけは聞き取れたが、何を意味しているのかはわからなかったとのことだ。

リルと引き合わされたサミュエルは、迷路から抜け出したばかりの子どものような顔で、人目もはばからずリルに抱きつき、耳元でこう言った。

『幻でも、嬉しい』

それからサミュエルはずっと、幻を見ているように見えた。ぼんやりとして、いつも楽しそうに、リルの猫であることを喜んでいるようだった。喋り方も少し幼くなり、リルが猫のふりをしていた時の姿とよく似ていた。

リルは遠慮なく、サミュエルを猫として扱った。サミュエルの首に鈴をつけ、一人で部屋の外に出ることは禁じ、一緒に散歩に出る時は鎖をつけて歩いた。リルは本当は狂ってなどいなかったが、こうすることがサミュエルを守り、ずっと一緒にいる唯一の方法だった。

「サミュエルは、とても感じやすいのね」

手の中でみるみる大きくなったそれを、五本の指全てを使って撫でまわす。サミュエルの唇からは快感に喘ぐ小さな声が漏れ、それがリルの興奮を煽る。

知らなかったのだが、サミュエルはこちらが積極的に攻めると、身を捩じらせてとても愛らしく鳴く。そういえばこれまでサミュエルは、リルが口で可愛がるといつも声を我慢していた。きっと、自分の喘ぎ声が可愛いことを知っていたので、リルに聞かれたくなかったのだろう。

「もっと、気持ちよくしてあげる」

ズボンの隙間に手を入れて、直接それを触る。熱くて硬くなったものの先は濡れ、ぬるぬるとした雫を垂らしている。

「サミュエルは、ここが好きなのよね」

親指で、先の窪んだ部分と、その下のへこみを往復して撫でる。ぬるぬるした雫はリルの指を濡らして滑りをよくする。もう片方の手を添えて、軽く握ったり離したりすると、サミュエルはピクピクと背中を小刻みに揺らした。

「あっ、はぁ、あ、お姫様、そこ、気持ちいい……」

これまで、サミュエルにしてもらってばかりだったリルは、人の体を触ったり舐めたりしていているだけでは、サミュエルは気持ちよくないのではないかと思うことが度々あった。

だが、反対の立場になってみると、自分の指の動き一つで敏感に反応されることが、どれだけ楽しくて刺激的なことなのかわかる。

「これだけじゃ、つまらないでしょう?」

サミュエルの脚の間に入り込み、ズボンを下ろしてそれを剝き出しにする。反り返るそれは血管が浮き上がるほど張りつめている。

「んっ……あむ」

先の方だけ咥え、先に舌を入れてほじるように動かす。苦くて匂いのする雫を、ちゅるちゅると吸い取って飲み込む。

垂れてきた自分の唾液を両手に擦り付け、下から上に撫でるように擦り、手の動きを追いかけるように頭を動かす。

「あむっ、んちゅっ、ちゅっ、んぁ……」

「あ、あ、お姫様、そんなに、したら、すぐに……」

動きを止めようと伸びてきた手を払いのけ、それを続ける。喉に当たるか当たらないかの奥まで咥え、舌を動かしながら元に戻す。

「サミュエルは、ここを舐められるのも好きなのよね」

唇を離し、片手でそれをしごきながら、片手で柔らかい二つのものを持ち上げる。中にある丸いものの形を確かめるように、口に含んで転がすと、さっきよりも大きな声がサミュエルから漏れた。

「んんっ、ダメだよ、そんなところまで……」

「はむっ、んちゅっ、でも、好きなんでしょう……？」

その証拠に、サミュエルは抵抗するどころか、リルが舐めやすいように軽く腰を浮かせている。快感に素直な猫を悦ばせたくて、リルは懸命に舌を動かした。

「あ……はあ、僕も、お姫様のを、舐めたい」

「ん……ちゅっ」

リルは自分でドレスを脱ぎ捨てると、上に跨ってサミュエルに尻を向けた。全てを見せ合っている仲でも、この格好だけは未だに少し恥ずかしい。

くちゅっというういやらしい音がして、サミュエルの舌がすでに濡れたそこをつつく。

「あっ、ひぁんっ」

今度はリルが鳴く番だった。大きく膨れた硬い場所を剝かれて吸われ、自然と体を上下に動かしてしまう。じわりと体の奥から溢れる蜜を舐められる音にすら感じてしまう。

「んぁっ、あっ！　ふ、あむ……」

一人だけイってしまわないように堪え、再びサミュエルのものを口に含む。この体勢だとあまり上手に舐められないが、歯を立てないように喉の奥まで咥えて吸い上げながら頭を上下に動かした。

「んくっ」

思わず口を放してしまったのは、サミュエルの指が中に入ってきたからだ。蕾の部分は舐められたまま、指で奥の感じる部分までくすぐられ、全身が痙攣したように震える。

肘も膝も崩れ落ちてしまいそうなのを、サミュエルの体にもたれるようにして支え、再び咥える。

「はむっ、んちゅっ、ちゅっ、あむぅ……」

指でくすぐられた部分が丸い輪になり、リルの体をゆっくり上昇させる。イクほど強くはなく、だけど喘ぐのを我慢出来ない絶妙な快感だ。

リルは自然と、サミュエルの舌にすり寄るように腰を動かし、それでも決して硬いものから唇を離さず舐め上げた。先ほどと同じように、両手を使って上下に擦り、先の方を唇で引っかけるようにして吸う。

手の中のそれはこれ以上ないぐらい大きくなっていて、サミュエルの息も比例して荒くなる。

「んっ、はぁ、もう、入れたいよ。お姫様……入れてもいいかい？」

「ん……待ってて」

今度は顔を向き合わせるように上にのり、サミュエルのものを掴んで自分の濡れた場所で擦る。入り口に当てて先の方だけ少し入れた後、体重をかけてゆっくりと沈み込んでいく。

「ふぁっ……！」

奥まで到達した時、思わず声を上げる。これまで、恐らく何十回と抱かれてきたはずなのに、毎回新鮮な刺激に感じられる。

リルはサミュエルの胸に手をつくとそれを出し入れさせるために激しく腰を動かした。

「あんっ！　あっあっつ、ん、あぁっ！」

奥が痛い、熱い、気持ちいい。サミュエルのものは丁度先がリルの奥にピタリと届く大きさだ。いや、もしかするとリルの体がサミュエルに合うように変化したのかもしれない。

内壁を滑る熱さや少しひっかかりを感じる先の窪みまで、全てが愛しくて気持ちがいい。

動きに合わせて揺れる胸を押さえるようにサミュエルが下から手を添え、指の間に胸の先を挟んで潰す。

「んくっ！　うぁっ、あっ、はぁっ！」

しまう。

まだ一度もイッていないリルの体はとても敏感で、あっという間に高みまで上り詰めて
眩暈にも似た白いものがリルを襲う。紅茶に溶けるミルクのように渦を描き、リルの快感を巻き込んで額から抜けていく。

「あっあっ、イクぅ……イっちゃぁ……あっ……!」

達した後、糸が切れた操り人形のようにぐったりとサミュエルの胸に顔を埋める。

「んっ!」

サミュエルが下から突き上げ、新たな刺激がリルを襲う。やはり、自分で動くよりも動かれる方が数倍気持ちがよくて、休もうとしていた体はあっさりと目覚める。

「はあっ、あっ、あっ……!」

今まで一方的に動かれていたお返しとばかりに、サミュエルは激しく腰を動かしている。イッた時に大量に溢れたリルの蜜が、淫靡な音を響かせる。

「後ろから、してもいい?」

「あっ……」

サミュエルはリルを抱きしめて起き上がると、抜かないまま器用に後ろに回った。そして横から抱きしめると、リルの腿を大きく持ち上げた。

「んくっ！　あっ、これ、深い……！」

体位を変えたことにより、さっきとは当たる場所が変わり、また別の快感を生んでいる。

これだけでもまたすぐにイってしまいそうなのに、サミュエルはさらに指を伸ばすと花びらの上にある剝き出しの蕾を擦った。

「んんんっ！　あぁんっ！　ふぁ、ひゃぁっ……！」

体の真ん中をぎゅっと摑まれたような感覚に、リルは背中を反らした。ぽかんと半開きになった唇から快感の塊が飛び出し、あっという間にイってしまう。

ぎゅうぎゅうと締め付ける中が、リルがイったことを知らせているはずなのに、サミュエルは腰の動きを止めようとしない。さらに二本の指を使って蕾を摘まみ上げ、リルの奥の奥に眠る快感の欠片を一つ残らず引き出してしまう。

「あっ、ひゃぁっ！　イ、イク、イク、うっ、あっ！」

もう、何度イったかわからない。

体は指先からリボンのようにほどかれ、端からサミュエルの記憶を刻み込まれていく。

きっと、リルはもう、サミュエル以外の体は受け付けなくなってしまっているだろう。

サミュエルもそうであればいい。

そうでなければ困る。

「あっ、お姫様、中で、出しても、いい？　僕も、イっても、いい……？」

「んっ、出して、いっぱい……！　はぁ、はぁ、サミュエルの、いっぱい、頂戴……！」

「くっ、はあ、はあ、あ、あ……くっはぁっ！」

白濁の液がリルの中に放たれる。奥まで染み込み、リルを隅々まで侵していく。

「はあ、はあ……」

全てを吐き出したサミュエルが、それをゆっくりと抜くと、リルの内腿をツンとした匂いのする雫が垂れていくのが見えた。

充足感にため息をつき、サミュエルの方を振り返る。サミュエルはリルの頭に顎をのせた。全身に吹き出る汗が、行為の激しさを物語っている。

「……ねえ、あなたは誰の猫？」

胸に指を這わせながら、甘えた声で聞く。

「僕は、お姫様の猫だよ。君がいないと、生きていけないいんだ。だからずっと僕を傍に置いてね」

「そうね、あなたは私がいないと、生きていけない猫なのよね。ここを出てしまったら、あなたはギロチンにかけられて、本当に死んでしまうのよ」

「うん、わかってる。僕は、君の傍を離れたら、死んでしまうんだよね」

「ええ、そうよ。サミュエルはいい子ね」

リルは手を伸ばすと、サミュエルの頭を撫でた。

本当はわかっていた。いなくなって生きていけないのは、自分の方なのだと。十年という長い月日が、リルをサミュエルの存在なくしては生きていけぬようにしてしまった。

サミュエルを失うかもしれないと思った時のあの恐怖を、もう味わいたくはない。

「心配しなくても、大丈夫だよ。僕は、ずっと、君の傍にいるから。――リル」

「……！」

最後の言葉は、リルの聞き間違いだったのか。だって猫であるサミュエルが、自分の名前を呼ぶはずがないのだから。

もう一度確かめたくて耳をすませたが、すぐに安らかな寝息が聞こえてきた。よほど眠かったのか、すでに眠りの沼に落ちているようだ。

顔を上げ、サミュエルの黒い髪の向こうに広がる、窓越しの青空を見つめる。

リルにも、サミュエルにも届かない青。

いつかはサミュエルも、正気を取り戻し、自分が猫でないことを思い出すかもしれない。

いや、もしかすると本当はとっくに、自分が猫でないことに気づいているのかもしれない。

別にどちらだって構わない。サミュエルが猫として、リルの傍に寄り添ってくれるのなら、本気だろうがお芝居だろうがどちらでも構わなかった。

もしも、サミュエルが自分は猫ではないと言い出したら。この生活に不満を抱き、逃げ出そうとでもするものなら、自分は何をしてしまうかわからない。

今なら、サミュエルの気持ちを心から理解することが出来る。愛し愛されているはずなのに、一瞬でも姿が見えなくなると相手が消えてしまうのではないかと、常に不安でたまらない。愛情を疑っているわけではないのに、一分一秒間を置かず、愛を囁き、囁かれなければいられない。

一度失いかけたことが、リルの執着に拍車をかけた。サミュエルが傍にいて、自分を愛してくれることへの喜びと同じだけ、サミュエルがいなくなってしまうことへの恐怖も膨らんでいく。

「……大好きよ、サミュエル。あなたは私の猫なんだから、絶対に私の傍を離れたりしないでね。私一人をずっと愛し続けてね。もしも、あなたが私の傍を離れたいと思うようなことがあったら……」

――あなたを、殺すから。

あとがき

はじめまして、小鳥遊《たかなし》です。

えっと、実はインタビューやコメントの類がとても苦手で、何を書いたらいいのやらと、ＰＣの前で固まっております。

ゲームやドラマＣＤでは、私の名前を見たことがある方もいらっしゃるかもしれませんが、小説はこれで二冊目です。ド新人と言っても過言ではありません。

そんな私を、ソーニャ文庫さんの創刊ラインナップに入れて頂き本当にありがとうございます。とても光栄です。テーマが独占、束縛、執着愛ということで、色々と頭を悩ませ、いっそ世界観ごと歪にしてしまえばどうだろうと思い、考えたお話が今作となります。傍から見たらどう見ても狂った世界、狂った関係。それでも本人たちは幸せで、だけど心のどこかでは、ずっとこのままでいられるはずがないとわかっている。

この話を思いついた当初は、光源氏のような、無垢な少女を男性が淑女に育てる内容にしようと思っていましたが、いつの間にか、まったく違う方向にいってしまいました。閉ざされた空間の中で、成長することを拒み続ける二人の物語を、最後まで見届けて頂けたなら幸いです。果たして、これはグッドエンドなのか、バッドエンドなのか。そして、二人にとっての真実とは。ご判断は、読み手のみなさまにお任せしたいと思います。


猫は気まぐれで言うことをきかない動物だとよく言われますが、そんなことはなかったりします。「おいで」と言えば走って抱きついてくるし、叱ったあとは媚びてゴロゴロ転がって可愛い仕草を見せてきます。好奇心旺盛で、玄関を開けると飛び出して行って、だけどすぐに怖くなって一メートルも行かないうちに慌てて戻ってきます。ボールも投げると咥えて持って帰ってきます。とにかくかまって欲しくて甘えたくて、ご主人ラブな猫も存在するんです。ちなみに、うちで飼っている猫二匹の話です。

書いている時は意識していなかったのですが、今回のヒロイン、リルは、自然とうちの猫たちをモデルにしていたのかもしれません。

しかし、動物を飼う気なんてなかった私が、なんの気まぐれか猫を飼い始めてから、すっかりメロメロになってしまいました。飼ってみて、意外と会話や意思の疎通が出来ることにびっくりしました。

ところで、私の書くお話の世界観は、全体的にイギリスっぽいというざっくりとしたご感想を頂くことがあるのですが、それはたぶん、飲み物といえば紅茶が頻繁に出てくるためではないでしょうか。私自身がコーヒーが体質的に合わず、飲むのはもっぱら紅茶です。けれどそこまでこだわりがあって味の違いがわかるかと言われるとそんなこともなく。スティックのミルクティーなんかも大好きです。でも一番好きなのはカルピス。冬はホットカルピスです。

ゲームの仕事用に、中世ヨーロッパの資料がたくさん手元にあるのと海外旅行が好きなこともあり、つい、世界観をそこから引っ張ってきがちなのですが、最近は神道にも興味があって、改めて最初から古事記を読んでいるので、いつかは和風なお話にも挑戦したいなと思っています。

とても綺麗で繊細な挿絵を寄せて下さった旭炬さん、色々とご指導をして下さった担当さん、そして本をお手に取って下さったみなさん、本当にありがとうございました。またお会いできることを心から願っています。

小鳥遊ひよ

Sonya
ソーニャ文庫

この本を読んでのご意見・ご感想をお待ちしております。

◆ あて先 ◆

〒101-0051
東京都千代田区神田神保町2-4-7 久月神田ビル7階
㈱イースト・プレス　ソーニャ文庫編集部
小鳥遊ひよ先生／旭炬先生

王子様の猫

2013年2月26日　第1刷発行

著　者　小鳥遊《たかなし》ひよ
イラスト　旭炬《あさひこ》
装　丁　imagejack.inc
ＤＴＰ　松井和彌
編　集　安本千恵子
発行人　堅田浩二
発行所　株式会社イースト・プレス
〒101-0051
東京都千代田区神田神保町2-4-7 久月神田ビル8階
TEL 03-5213-4700　　FAX 03-5213-4701
印刷所　中央精版印刷株式会社

ISBN 978-4-7816-9502-0
定価はカバーに表示してあります。

Sonya ソーニャ文庫の本

『侯爵様と私の攻防』 富樫聖夜

イラスト うさ銀太郎

今日、僕は義姉の身体を穢すつもりだ。

両親を事故で失い、若くして公爵位を継いだラルフ。純粋で穢れのない心を持つ姉シャーリーに異常な執着心を抱いていた彼は、彼女に恋人ができたことを知り——。『監禁』と同じ物語を弟のラルフ視点で描く、SideB。

『**虜囚**』 仁賀奈

イラスト 天野ちぎり